JN099679

竜頭町三丁目まだ四年目の夏祭り

毎日晴天！
外伝

菅野　彰

キャラ文庫

この作品はフィクションです。
実在の人物・団体・事件などにはいっさい関係ありません。

目次

竜頭町三丁目まだ四年目の夏祭り

口絵・本文イラスト／二宮悦巳

竜頭町三丁目まだ四年目の夏祭り

　時間は、帯刀《おびなた》家家長で長男の帯刀大河《たいが》とその恋人阿蘇《あす》芳秀《おうしゅう》が、世界一の藤棚を巡って険悪になり始めた五月に、少し遡《さかのぼ》る。

「味噌汁《みそしる》に味噌が入ってるのが世界平和の証《あかし》だとオレは思う」

　この六人での暮らしが始まった夏から、もうすぐ丸四年が経とうとしている五月。

　竜頭町《りゅうずちょう》三丁目帯刀家の居間では、帯刀家三男プロボクサーの丈《じょう》がしみじみと平和を思いながら味噌汁を啜《すす》っていた。

「大切だね、お味噌は」

　朝の飯台で丈の隣に座っている、大学で勉強するにも日常にも眼鏡《めがね》が手放せない次男明信《あきのぶ》も、いい昆布の出汁《だし》に同じくしみじみと息を吐く。

「平和のハードル低ないか」

　その味噌汁の味噌が減塩味噌になったせいで塩気が薄い気がしている、丈の向かいで胡座《あぐら》をかいている阿蘇芳勇太《ゆうた》は、高校を卒業後山下《やました》仏具で本格的に勤め始めて二年目に入った。

　相変わらずほとんど金髪に近い髪を、後ろで一つに括《くく》っている。

「だってまたなんか感じ悪いからさー。大河兄と秀」

あっけらかんと肩を竦《すく》めた勇太の隣の帯刀家末っ子の真弓《まゆみ》は、この四月に大隈《おおくま》大学人間科学部の二年生になった。

「またおまえはジャージやな。すっかりジャージや」

勇太と真弓は、同い年の恋人同士だ。恋仲になったのは勇太が四年前この家に来た年だったので、そろそろ交際も丸四年になる。

「楽ちんなんだもん」

笑った真弓が最近黒いジャージを着ているのは、大学生になって軟式野球部のマネージャーになったからだ。だが朝練のない日もジャージを着ることは多い。今まで運動部ジャージに縁のなかった真弓は密かに、なんて楽なんだジャージ最高という過去なかった自堕落の中にいた。

「くうん」

ちょうどいい五月の陽気に縁側で寝そべる老犬バースは、最近よく眠っている。

「……東証株価指数」

新聞を大きく広げている帯刀家長男で家長、勇太の養父の恋人であり、去年の秋までその恋人の担当編集者でもあった大河は、本当にその情報必要なのかという文字を不機嫌そうに読み上げた。

「朝ごはん食べながら新聞を読むのやめてって、何度言ったらわかるの」

空いた大河の茶碗に二杯目をつけた、大河が担当していたSF作家であり恋人の阿蘇芳秀が、白いのに何故か色褪《あ》せて見える不思議な割烹着《かっぽうぎ》で不満を全身から存分に発する。

　割烹着は単に、古くなり過ぎているだけだ。

　四月から大河と秀は、「一緒に藤棚を見に行きたい」、「行くなら一人で行け俺は行かない」と、甲斐《かい》のない花を巡る大迷惑な険悪に家族を散々に巻き込んでいた。

「味噌さえ入ってればいい……オレは」

　この減塩味噌になった一年前の夏、丈からすれば味噌一つ変えるだけで何故そんなに揉《も》めるのかさっぱりワケがわからないという大喧嘩《おおげんか》を大河と秀は繰り広げて、騒動が帰結するまで帯刀家の人々は十日に及ぶ味噌汁抜きの生活に疲れ果てた。

「秀さんのお味噌汁、おいしいからね」

　家の味噌汁の重みをそのとき全員が味わわされて、明信に至ってはそっと家の味噌を持ち出して恋人の部屋で罪悪感に苦しみながら味噌汁を作るという理不尽を強いられている。

　本来なら明信は、そういった抜け駆けを絶対にしない。公平性を誰よりも重んじるし、どんなときでも譲れる限り兄弟に譲って生きて来たのに、まさか自分が味噌をこっそり持ち出すとはと、味噌汁事件は大きな心の傷になっていた。

「あ、秀サイン会やる、ん……っ」

　大河が読んでいる新聞に、五月に出た秀の新刊の重版情報がサイン会の文字とともに書かれているのを見て無防備に呟《つぶや》こうとした丈の口を、箸《はし》を伸ばして卵焼きで勇太が塞《ふさ》いだ。

「んごっ」

「卵焼きは返してもらうで」

咄嗟《とっさ》に卵焼きで危険な言葉を封じたものの、やったつもりはないと勇太が丈の皿から大きいのを選んで奪還する。

「勇太駿足……かっこいい」

「おまえ野球の見過ぎなんちゃうか？　足ちゃうで箸やで」

何故ここで駿足なのだと思いながら、隣から真弓にうっとりされて勇太は悪い気はしなかった。

大河と秀と違って、勇太と真弓は高校時代に家族を大きく騒がせたものの今はだいたい平和にいちゃいちゃベタベタしている。

家の中では古ぼけた白い割烹着なのか人間なのかというぼんやりした存在感の秀は、今大ヒットを連発しているそんなに新進ではない気鋭のSF作家のようだ。

その大ヒットを連発しているのはきっちり新担当久賀総司《くがそうじ》になってからのことで、それを半年前には大らかに受け入れて見えた大河も、ここのところ眉間《みけん》に深い皺《しわ》が刻まれている。

「ワケわからんことには、とりあえず触ったらあかん」

「うん。触らぬ神に祟《たた》りなしだよね！」

「んぐ……っ。おまえさり気なくデカイ方持っていきやがって……！」

口に詰め込まれた卵焼きを飲み込んで、丈はようやく勇太に歯を剝《む》いた。

「あ、神様って言えば」

秀のサイン会、秀の本が大ヒット中、担当は新しい担当久賀総司略して何故か当座さん、前担当で恋人の大河はどうしてなのか世界一の藤棚を一緒に見に行く行かない、という不穏な流れを勇太が卵焼きで断ち切ったところに、明信が「触らぬ神に」からの連想で無理な駄目押しをした。

「え、明ちゃんその話題の変え方無茶じゃない？」

いくらなんでも無茶苦茶過ぎない？　と、真弓が思わず突っ込む。

「そうかな……だって、神様が触ると言えば、疫病」

「ナニと言えばナンちゅうた。おまえ何言い出すねん朝っぱらから」

爽《さわ》やかな五月の朝に「疫病」と言い出した明信に、せっかく咀嚼《そしゃく》した卵焼きに勇太は噎《む》せた。

「だって、江戸時代、疫病でたくさんの人が亡くなってね」

「ちょっ、明ちゃん大丈夫⁉　どの辺がだってなんだよ！」

たくさんの人が亡くなってとうとうと語る兄に、丈も目を剝く。

「だから夏祭りがあるんだよ……という、爽やかな話題だよ……五月の朝の」

きれいにサイン会から話を逸《そ》らしたつもりの明信が、三人の同意が全く得られず眼鏡の奥の目を見開いた。

「マジで?」

目を剝いたものの頭がシンプルな丈は、子どもの頃から張り切りまくる八月の一番の楽しみ竜頭町の夏祭りに、由来があったことを初めて知って身を乗り出す。

「神輿《みこし》で疫病神を祓《はら》うのが、お祭りの基本だもんね」

皆に責められたので身を乗り出されても困ると俯《うつむ》いた明信の代わりに、白い割烹着が続きを解説した。

「……祭りは、五穀豊穣を願う場合もあるだろ」

新聞を読んでいればいいものを、大河が無駄に割烹着に反論する。無駄だ。無駄な上に迷惑でしかない。

「そうだね。田んぼが多い土地ならそうだろうね。さてここは百五十年前、どんな土地だったでしょう」

「O・E・DO!」

怜悧《れいり》なまなざしをすかさず大河に向けた秀に、精一杯の声を真弓は上げた。

「おまえなんや、今変な節ついてへんかったか? ラップかいな」

「ラップDAYO! そういえば江戸時代からやってたって聞いたよ俺、山車《だし》乗ってるときに。神様の乗り物だって!!」

ラップで真弓が、全力で夏祭りにハンドルを切り直す。

「だから昔は、女官は男子だったんだよね」

すっかり挫《くじ》けていた明信も、そうだった目的は大河と秀の険悪ムードから話を逸らすことだったと、頑張って声を張った。

「なんで？」

全く意味がわからない丈が、白飯を食べ上げて明信に尋ねる。

「色々理由はあると思うけど。能や歌舞伎も全て男子がやる時代だし、神様に近づける者は限られていたっていうのが一番かな」

「へー、時代錯誤だな」

「昔やから時代錯誤やったっちゅう話やろ。おまえはアホなんか」

感心した丈に、思わず勇太が本気で突っ込んだ。

「おまえ今のアホ本気で言っただろ！」

「しゃあないやんけ！　あんまりアホ過ぎて本気にもなるわ‼」

「んにゃろ！」

すっかり朝ご飯を終えた丈と勇太が、とっくみあいの喧嘩を始める。

「……なんか久しぶり」

「埃《ほこり》が立つね……」

二人とももう社会人なのにと真弓は肩を竦め、明信は飯台を引いてため息を吐いた。

「ごはん食べてるのに、勇太、丈くんも」

よしなさいと秀は声を掛けたが、構わず食事を続けている真弓と明信は、心の底で誰のせいだろうかと突っ込んでいる。

「はっきりいって、陰湿なにらみ合いよりとっくみあいの方が全然気持ちいいよね！」

新聞を広げたまま無言で移動だけした大河に陰湿な厭味《いやみ》をからっと投げて、真弓は明信に同意を求めた。

「そう言われると、僕はとっくみあいはしたことがないから」

遠慮がちに明信が、けれど小さく強固にとっくみあいでは気持ちよくはならないと首を振る。

「だけどお祭りになったらみんな……あ、そっか明ちゃんちっちゃい頃から囃子《はやし》隊だもんね」

しかし大河と秀が迷惑なのは総意のはずだと言い掛けて、はたと真弓は顔を上げた。

「そう、小学校上がる時に入ったんだよ」

「へえ、そんなにちっちゃいときからなんだ」

「まゆたん、今年はどうすんだ」

本日は優勢となって勇太の肩を畳に押さえつけながら、丈がふと尋ねる。

「んぐ……っ、はなさんかいっ」

「くうん」

足掻《あが》いた勇太に、バースが気の抜けた声援を送った。

「どうって？」

「祭り。夏祭りだよ。女官降りてからずっと見てるだけで、つまんねえだろ」

不意に丈に尋ねられた通り、真弓は六歳から十四歳まで女官姿で山車に乗って、決まりなので十五前で降りて以来祭りは見ているだけだ。

「つまんないってこともないんじゃない？　外から見てるのも楽しいでしょ」

それも選択肢の一つだろうと、明信が口を挟《はさ》む。

「うーん。毎年考えてはみるんだけど……子ども山車しか引いたことない、俺」

高校一年生の夏真弓は、この家に来たばかりの秀が縫った女物の浴衣を着た。対になっている男物の浴衣を着たまだ町に馴染《なじ》まない勇太と、二人で祭りを眺めて歩いた。

まだ二人がつきあう前、出会ったばかりの頃だ。

「……鯉口《こいぐち》、俺のやってもいいぞ」

新聞を読んでいるふりで暗く話を聞いていた大河が、もう何年も着ていない祭り半纏《ばんてん》の下に着る鯉口を末弟にくれると言う。

学生時代は大河も熱く威勢よく山車を引いたが、社会人になってからは終わりかけの祭りを仕事帰りにスーツで覗《のぞ》くのがせいぜいだ。

「大河兄の鯉口……」

大好きな兄のお下がりとはいえ、長年の汗と血が染みついていそうだと真弓が口籠《くちご》もる。

「あ！　鯉口は持ってるんだよ。女官のおしまいのときに、貰《もら》ったの。好きなだけ山車引きなさいって、今までおとなしく山車に乗っててくれてありがとうってね？」

ギリギリで兄を傷つける前に、着ていない鯉口を持っていることを真弓はなんとか思い出すことができた。

「全然おとなしくなんか乗ってなかっただろー」

「そうだよ……喧嘩になると山車から飛び降りて、女官の衣装破いて叱《しか》られたり」

丈と明信が覚えている通り真弓はおとなしい女官ではなかったが、そうして盛大に山車をぶつけ合う竜頭町の夏祭りは、喧嘩祭りだった。

一丁目、二丁目、三丁目、本町といったそれぞれの町会で一台ずつ大きな山車を出して、若いのが勢いよく引いて町中を走り回り、本気でぶつかり合おうとするのを青年団の上の者や、年寄り方が止める。車の輪止めを投げ入れてまで止めることがある、激しい祭りだ。

「見てるだけでもう、五年かなあ。中三から見てるだけだから、今年で六年」

「つまんねーだろそれ。勇太は来た次の年から参加してんのに、生まれたときから町会にいるくらいの勢いで山車引いて。なあ？　勇太」

押さえつけられているので黙っていると真弓に思わせた勇太に、丈が声を掛ける。

そうやそうやと言うかとそんな軽い気持ちで恋人を見て、真弓は驚いて目を瞠《みは》った。

不意討ちで丈に話を振られて真弓と目が合った勇太は、思いがけない、なんとも言えない嫌そうな顔をしている。

「……せやな」

露骨に顔を顰《しか》めていた勇太は真弓から目を逸らしたが、声も張れず、起き上がって俯いた。

「勇太……？」

おまえに山車なんか引けるかい、とか、女官姿を見てきた幼なじみたちと同じように士気が下がるんやとか、勢いよく理由を言ってくれれば気にならなかったものを、勇太はその表情に表れた思いを声にせず呑《の》み込んでいる。

呑み込むということは理不尽な理由で、理不尽だけれど心の底から勇太は自分が山車を引くのが嫌なのだと、四年近く恋人をやっている真弓にはわかった。

昔ながらのごく普通の一軒家であるところの帯刀家は、二階に六畳と四畳半があって、豆腐屋と隣接している四畳半を勇太と真弓で使っている。

まさか恋仲になるなどと夢にも思わなかった長男が、勇太と秀がやって来て定住が決まったときに、高校も同じだし丁度いいだろうとこの采配《さいはい》をした。

「ねえ、勇太」

二人のために采配した大河は後に死ぬほど後悔したようだが、恋人たちは恋人たちで始終一緒で四年近くは色々無理がある。

「ああ……風呂上がったんか」

一つの風呂を六人が順番に使うので今日は真弓が風呂から上がったら十時になり、仕事で疲れている勇太は下の段で既にうつらうつらしていた。

「あ、ごめん寝てた？」

「いや、待っとった」

笑ってくれた勇太は、去年の春同じ高校を卒業して大学生と社会人にそれぞれ生活が全く変わってから、いつもこうして少しの無理をして話す時間を作ってくれている。

「そんなこと言われたらこうしちゃう。えい」

甘えて真弓は、上段の自分のベッドではなく、勇太の胸に飛び込んだ。

「髪濡《ぬ》れとるやないかい」

始終一緒の不都合は、今年二十歳の若い勇太と真弓は、まだまだやりたい盛りである。だがこの家を賄《まかな》っているのはまだ学生の真弓の保護者である大河なので、勇太は家の中ではキス以上のことはしないと自分に誓い頑《かたく》なにそれを守っていた。

それを守りながらの夜も同室は、なかなかきつい恋人たちだ。

「今日どないやった、学校」

朝が早くて眠い日も、勇太はこうしてなるべく起きていて、二人の時間に尋ねてくれた。

「うーん。勉強ついていけない」

「おまえ得意やん、勉強」

「だってわかんない言葉で講義も教科書も……辞書引いてそんで精一杯。勉強っていうか、大学は学問みたい。俺は勉強は得意だったけど学問は全然だよ。なんでなんでも英語にすんのかなあとか考えてるうちに、講義終わっちゃう」

話しながら、訊《き》こうと思ったことがあったのに全く違う話になってしまったと真弓は思ったが、つい語り出した愚痴《ぐち》が止まらない。

それに、高校時代にはなかったこの、「今日どないやった」と勇太が訊いてくれる時間が、真弓は今とても好きだった。

大切な人がいて、その人が「どうだった」と尋ねてくれる。「楽しかった」と答える日もあれば、「しんどいことがあった」と話を聞いてもらう日もあって、それは胸をぎゅっと摑《つか》まれるような幸せな気持ちだ。

「英語?」

「そういう先生が多いの。ファクトなんて、事実の方が短くない? アジェンダとか、計画なら漢字二文字だよ⁉ エビデンスが証拠ってナニ? コンセンサスなんて同意にしたら半分以下だよ文字! フェーズとか、毎回なんのことって思っちゃうから俺‼」

「アメリカ人の先生がおるんやな……」

今日は盛大に愚痴を聞かせた真弓に、それは大変だと勇太が頷《うなず》く。

「ううん。日本人の先生。なんかそういう先生多い、人間科学部。メディア学ジェンダー論とかもういい。お腹いっぱい。勇太は？　今日どんな日だった？」

先生は洋行帰りなのかとキョトンとした勇太に、今度は真弓が「今日」を尋ねた。

「おんなしや。怒鳴られて動き回って」

真弓には壁の向こうがほとんど見えない仏具屋で職人として働いている勇太は、仕事の話はあまりしてくれない。

「ああ、せやけど今日その動き回ってが多いっちゅう意味がわかった。初めて」

なのに珍しく、仕事場の話を勇太は続けた。

「どういうこと？」

「おまえは動きが多い、多いって、ずっとゆわれててん。動け動けっちゅうて、なんやねんて思うとったらなんか今日突然わかったわ。無駄に動いてんねん」

「無駄だってわかるもんなの？」

勇太が言われていることも、無駄の意味も全くピンとこず、真弓が尋ねる。

「まあせやけど、一年以上ちゃんと勤めてやっとや。わかったっちゅうよりも、せんでええポカやらかしまくっとって。まだするけど。そんでこう、その後始末とか後片付けとかせんとあかんやろ？　ポカしたら」

「うん」

「せやから、焦っていらんことすると、倍動かんとあかんようになる。ちゃんと丁寧にできとったら半分でええ話なんやなって」

「へえ……」

丁寧に説明されたら真弓にもその理屈はわかって、恋人は仕事場でただ漠然と一年以上を過ごしているのではないと知った。

「なんか、すごいなあ。俺……」

まだ学生で、初めて部活のマネージャーとして立ち働いているけれど人に頼ることも多く、そう遠くはない就職活動も何も展望がない真弓は、置いて行かれた気持ちが強く込み上げる。

「コラ。おまえが焦ってどないすんねん」

どんな心細さを持ったのか悟って、勇太は真弓の鼻をふざけて摘まんだ。

「だって、どんどん開いてくよー。学生と社会人！」

「たった四年やて前もゆうたやろ。それも一年は終わった。短い時間なんやから、大学生やないとできへんことせえ。いらんこと考えんで」

「考えちゃうよ。俺のことなんかめっちゃ子どもに見えて、相手にできなくなっちゃわないかなって」

「あほ。今更そんなんなるかいな」

笑って勇太が、放した真弓の鼻先にキスをする。

「……ホントは疑ってないけどさ、そこは。ねえ、勇太」

このまま心地よく眠ってしまいそうになって、けれど今日のうちに訊いておこうとさっき決めたことを、真弓は声にした。

「俺が山車引くの、そんなにヤなの？」

顔を覗き込んで、真弓が勇太に問う。

夕飯のとき居間で自分がどんな顔をしたのか自覚があるのか、勇太は一瞬酷《ひど》く狼狽《うろた》えた。

「そんなことない」

けれどすぐに、大きく首を振る。

「ウソ。めっちゃイヤそうだったじゃん。なんで？」

大河や丈からしたら、勇太はかなり、男にしては人の気持ちを察することができる方だと真弓は思っていた。

「せやから別にイヤやないいて」

そうしなければ生きられなかった子ども時代のせいかと思うと辛《つら》いが、多少は察することができるから、たまに一人で何か気持ちを始末してしまうことがある。

「達《たっ》ちゃんたちみたいに士気が下がるの？」

だから真弓は、勇太が理由のわからないよくない気持ちを持ったと気づいたら、すぐにこうしてその場で尋ねた。

「せやから……いややないて」

吐き出してもらって、大喧嘩に発展することもあることはある。

「ウソ」

けれど半分以上は、誤解や我慢を話し合って二人は解決してきた。

「おまえの好きにしたらええやないか。ずっと見物でつまらんつまらんゆうとったんやから、参加したらええ」

穏やかに笑って、勇太は真弓の唇に小さくキスをした。

「寝よ」

おやすみと、抱き合ったまま勇太が目を閉じる。

なんでもないように笑ってくれたけれど、勇太が何か言えない明るくはない気持ちをしまい込んだのは、真弓にはよくわかった。

けれど二人は四年近い恋人としての時間の中で、正負両方の大き過ぎる思いをぶつけ合い話し合って、それで今がある。

今更とさっき勇太が言ってくれたように、今更、真弓が夏祭りの山車を引くか引かないかなどとそんなことが、言えないようなことだとはとても思えない。

「……おやすみ、勇太」

　なのに言えないで呑み込んだということはなかなか厄介なものが恋人の胸にあると知って、恋人との時間が長くなってきた真弓はとりあえず身構えながら、目を閉じた。


「先生、サイン会あったんだな」

　明信が大学の帰りや休日にバイトをしている、竜頭町商店街の木村《きむら》生花店店主、帯刀家不在の長女志麻《しま》の同級生木村龍《りゅう》が、カーネーションの水揚げをしながら花屋の店先で呟いた。

「……どうして、そんなこと知ってるの？　龍ちゃんが」

　木村生花店のエプロンを付けながら丁度休憩を貰った明信が、レジ台横の古びた丸椅子《いす》に腰掛けて眼鏡の奥の瞳を丸くする。

「目の前の本屋のオヤジが言ってた。銀座《ぎんざ》の書店で大規模サイン会だってさ、うちのレジもまともに打てなかった先生でもサインはできるんだねえ。つって感心してたぞ」

「字を書くのはお仕事だからね……秀さん」

自分の好きな本を並べて長年書店をやっている店主ならもちろんそれは承知だろうが、執筆を辞めるので働かせてくれと大切な旧式のレジを闇雲に連打された恨みは大きいのだろうと、明信はため息を吐いた。

今日は丁度いい五月の陽気で、ガラス越しに通りの真向かいのその古い書店もゆったりと佇《たたず》んで見える。

「相変わらず先生は宇宙か」

少し伸びすぎた髪をいつもと同じに無造作に一つに括っている龍が、母の日のために大量に用意した残りのカーネーションを手入れしながら訊いた。

「うん……宇宙と言ったら宇宙に悪いような気がする」

「そんなか？」

「だって、宇宙は空で、空はきれいじゃない？　空は澄んでる……いけない！　僕酷いことを……っ」

膝《ひざ》の上の小さな風呂敷を広げながらぼんやりと自分が酷いことを言ったと、明信が震える。

「愚痴の一つくらい心置きなく落としていけよ！」

「だって……元々僕は作家としての秀さんの大ファンで」

最近飛ぶ鳥も落とす勢いとはこのことという大ヒットを連発している秀は、四年前まで読書家の明信にとっては憧れの雲の上の神秘的なベールをぐるぐるに纏《まと》った作家だった。

「神秘のベールを剝《は》いだら白い割烹着を着ていた……」

それが龍の同級生の長女志麻の夫を名乗り家を訪れて、担当編集者であった兄大河の恋人となり、今では帯刀家の味噌汁問題を一手に牛耳《ぎゅうじ》る存在となって、大ファンだった明信の心は千々に乱れ果てている。

「疲れてねえか、おまえ。大丈夫か」

意味不明なことを言い出した明信を心配した龍は、七つ年上の幼なじみで雇い主なだけでなく、明信の恋人だった。

思いがけず恋仲になってぽちぽち三年、大きな波はあるようでないようであるような、そんな日々をゆっくりと重ねている二人だ。

「大学の方もなんか大変そうだし」

「そんなことはないんだけど。好きなことしてるから、楽しくやってる」

いつも生真面目に勉強して、大学のためなのか個人の趣味なのかいついかなるときも本を手放さない、自分とはまるで違う恋人に龍は苦笑した。

龍自身は志麻とともに、若い頃は放蕩《ほうとう》の限りをし尽くした。昔悪かったと笑って済ますことはできないような酷いこともしてきて、三十代を迎えて龍はそれこそ毎日をひたすらきちんと積み上げるような暮らしをしている。

ただ、こうして明信とつきあっていることをいつか志麻が知ったら、その日が自分の凄惨《せいさん》な命日になることだけは折々に覚悟していた。

「生真面目だな、おまえは」

膝の上の風呂敷を解いて、横笛の手入れを始めた明信に龍が肩を竦める。

「一年に一度だから、このくらいから始めないと忘れちゃってできないよ」

まだ五月だというのに八月の夏祭りのための笛の練習を、明信は始めようとしていた。

「言われたらそういうもんか」

「うん。だって僕、音楽なんてほとんど演奏するどころか聞くこともないのに。才能も素養もないから、決められた祭り囃子年に一回吹くのも必死だよ」

乾いた布で、明信が丹念に笛を拭《ふ》く。

「才能も素養もっておまえ……でもそう言えば囃子隊の連中は、なんかしらやってるなあ。吹奏楽部とかブラスバンドとか」

「それ同じだよ、龍ちゃん」

ピアノを習っている者もいたと囃子隊の面子《メンツ》を思い出した龍に、明信が笑う。

「おまえはなんで……」

楽器に興味もなく音楽もろくに聴かないのになんで囃子隊に立候補した？　と龍が尋ねようとしたとき丁度、明信が今年最初の笛の音を奏でた。

練習で試しに出しているような音だが、今日はよく晴れているのもあって、夏祭りの気配を充分に龍が感じる。

「滾《たぎ》るな！　やっぱ祭りは‼」

青年団の団長を任されている龍は、祭りの最中はもっぱら止め方だが、やはり子どもの頃かから荒っぽく全力で山車を引いた高揚感は忘れられなかった。

もうそんな風に子どもではなくなっても、夏祭りは竜頭町の者には皆特別に気持ちが昂《たか》ぶる行事だ。

「楽しみだな。八月なんてあっという間だ」

とりあえず音を出した明信に、カーネーションの手入れを終えて龍が立ち上がる。

その言葉は聞こえなかったようで、何故なのか明信は笛を膝に置いて大きなため息を吐いた。

恋人の声が届いていない横顔は、酷く憂鬱《ゆううつ》そうだ。

「……明？」

何かあったかと尋ねようとした瞬間、もう明信は顔を上げて龍に笑い掛けた。

「丈がね、画期的なことを言い始めたんだよ」

話を変えた訳ではなく、明信は本当に龍の言葉が聞こえていなかったようだった。

「どんな？」

特に何かごまかされたという感じでもなく、深い悩み事を隠されているとも龍には思えない。

「またそうして秀さんの様子がね、宇宙的によくないわけなんだけど。最終的に秀さん、お台所が大変なことになるんだ。そこまでくるともう最終局面」

大きな隠し事があればきちんと感じられるくらいの時間は、恋人としてお互いを傍《かたわ》らに過ごしていた。

それだけでなく、愛して尊重し、幸せを願う。そういう間柄だからこそ、ネガティブな変化や感情には敏感になる。

憂鬱は一瞬見せられたが、目の前の明信はいつも通りだと龍は確かめた。

「先生料理うまいんだろ？　俺も何度かご相伴にあずかったけど……」

正直味が薄かったと龍は言い掛けたが、実のところ明信の味付けも龍には薄いので、そこは言わずに呑み込む。

今さっき明信が呑み込んだように見えたことも、この程度のことだろうかと、龍は思った。

「普段本当においしいんだけどね、お味噌汁にお味噌が入らないのが丈は……というか全員が辛いんだけど」

「あったな……去年。味噌汁大事件が」

「そう」

帯刀家の味噌を巡る去年の大騒ぎには龍も巻き込まれていて、味噌一つで何故その大騒ぎと言いたかったがそれも他所《よそ》の家のことなので控える。

「トラウマみたいで、お味噌。でも丈、自分で入れようかなって言ってて。それって丈には大きな進歩だなって思ってね」

「おまえよ……丈いくつだと思ってんだよ。中高生のガキじゃねえんだぞ？」

「だけどお台所のことなんか何もしないから、一歩だよ！」

明信にしては珍しくムキになって、弟の進歩を強く訴える。

呆《あき》れたブラコンに、龍はいつも肩を竦めて苦笑していた。もちろんその相思相愛の弟丈は、今でも明信が龍の恋人になったことを少しも認めていない。

「おまえにとっては、あいつは小学生のまんまなんだな」

一方、争いごとも暴力も全く好まない明信は、一番仲のいいすぐ下の弟丈がプロボクサーになったことを、いつまでも受け入れられないでいた。

明信とのつきあいをきっかけに龍はすっかり不仲になった丈だが、試合が組まれれば応援に行っている。不仲になったといっても、龍は一方的に丈に憎まれているだけだ。観ているといい試合をするし、最愛の兄に認められたら丈も嬉《うれ》しいだろうにと思うが、明信の強情さも思い知っている。

最初の頃は、なんにでも頷いてしまうように見えることもある明信だった。七つ年上という立場だけでなく恋人に悔いる仕打ちをしてきた過去がある龍はそんな明信が不安だったが、三年かけてお互いを知っていつの間にか信頼が生まれていた。

絶対に曲げられない芯《しん》が明信にはあって、その強情さを龍は信じている。どうしても嫌なことを、明信が是とすることはない。

「そんなことないよ。ちゃんと大人だと思ってるよ」

少し口を尖《とが》らせて、明信は俯いた。

「おまえ、そういう子どもみてえな嘘《うそ》吐くとすぐわかんぞ」

顎《あご》に触れて、幼い顔を上げさせる。

もっともどうしても嫌なことというのが明信にはそんなにたくさんあるわけではないとも、龍は知っているつもりだった。人の輪を乱してまで通したいことは、恐らく明信にはとても少ない。

そんな明信がそれでも強固に譲れないことは絶対に譲らないということ。そういう明信を自分が尊重するということ。

恋人と自分と、両方の信頼だと、改めてそう思って龍は嬉しく思った。

「まあでも、確かに一歩だな。丈もそのうち家出るなり嫁さん貰うなりするとき、味噌も入れられねえまんまじゃいらんねえだろ」

恋人の弟の進歩を、龍は称《たた》えてやった。

「丈にお嫁さん……？」

複雑そうに、明信が弟を思う。

それは弟が結婚するなどと想像したこともない故の寂しい複雑さなのか、それともそんな日が巡るとはとても思えないという複雑さなのか。

きっと両方だろうと察して、丈を心から気の毒に思いそれ以上は龍も尋ねなかった。


六月に入って梅雨《つゆ》らしい雨が降る中、山車が保管してある神社近くの倉で、囃子隊の練習や事前の集会が始まった。

集会とは名ばかりで堅苦しいものではなく、ただ気の置けない同じ町会の者が祭りを理由に集まって、喋《しゃべ》ったり、成人組はそのあと呑みに行ったりするような準備とも言えない寄り合いだ。

「どもー」

真弓にしては珍しく少し臆しながら、雨に肩を濡らして倉を覗き込んだ。

「なんだなんだ。珍しいな真弓」

隣町で自動車修理工場に勤めて隣町の団地で一人暮らしをしている、竜頭町商店街魚屋魚藤《うおふじ》の一人息子佐藤達也《さとうたつや》が、Tシャツに綿パンで肩を竦めた。

「今日この雨で、野球部の試合なくなってさ」

マネージャーをしている軟式野球部の予選大会が始まっているのだが、屋根のある球場などないのでさすがに雨が強くて早々に中止が決まった。

「突然ヒマになったのか」

集まっていた六人の中にいた幼なじみ、仏具販売店の広二《こうじ》が笑う。

「うん。意外とやることない、俺」

「みんなそうだからここにいんだよ」

最近需要が少ないという左官屋の一雄《かずお》はそれでももう家業を継いでいて、久しぶりに顔を見たらすっかり大人に見えて真弓は思いがけず驚かされた。

「雨降ったらヒマなのはガキの頃から同じだなー。進歩ねえなあ俺たち」

実家ではなく浅草《あさくさ》で勤めている広二は煙草《たばこ》を噛《か》みながら、山車を離れる。

中二を最後に女官として山車に乗らなくなって、真弓はこの集まりにあまり顔を出していなかった。

やはりこの間まで女官だったものがいきなり山車を引くのはと、大人や仲間にも言われて自分でも思ったので眺めていた。だがそうなると、祭りに全く参加しない自分が盛り上がっている中にいることになって、多少は僻《ひが》んでしまう。

僻んで不機嫌になったら悪いと、頻繁《ひんぱん》にはここに来なくなった。

「でも仕事は忙しいんでしょ?」

日曜日にやることがないから暇だと皆笑っているけれど、学生の頃とは暇の意味がきっと違うと、なんとなくだけれど真弓が感じる。

「まあ、なあ」

「しょうがねえよ。仕事は仕事だ」

広二と一雄は、それだけ言って苦笑した。

勇太を見ているからというのもあるが、真弓には「暇だ」と言った二人がその暇をとても惜しんで見えた。

「おまえもしかし。大学で野球部入るとはなあ。なんかすげえなあ」

画期的な出来事だと、広二が素直に感嘆してくれる。

「でも、俺のは学生の部活だしマネージャーだから……」

大学に入って軟式野球部のマネージャーを始めてから自分の人生にはなかった忙《せわ》しさに追われていたが、何かしているというのは社会人である幼なじみたちに憚《はばか》られて真弓は気後れを感じた。

「運動部は大変だろ、マネージャーの方が。明日気をつけろよ。変に休むと却《かえ》って疲れんだぞ」

地べたに座り込んでいる一雄が肩を竦めて、社会人らしいことを教えてくれる。

「そうなの？」

「そうそう。忙しく動いてるときは気づかねえんだよ、疲れてるって。休んだあとがヤバイ。でもおまえが野球部のマネージャーやってるなんて、ホントにあり得ねえな。よかったじゃん」

もう立派な社会人にしか見えない広二が、一雄に頷きながら真弓に笑った。

「そうなんだ……さっき突然なんかしんどいと思った。じゃあ休まない方がいいじゃんね」

野球部の話は真弓から皆にしていた訳ではないが、狭い町内だし子どもの頃からの人間関係なので当たり前のように幼なじみたちはよく知っているようだ。

「バカ。休まねえと死ぬぞ」

だらりとした日曜日を全身で体現している達也が、説得力があるのかないのかわからないことをだるく言った。

「勇太探しに来たのか？　まだ来てねえぞ」

まだ、と広二に言われて、祭りの集まりに勇太は当然顔を出すのだと、真弓は初めて知った。

「勇太もいつも来んの？」

大学に入って真弓はこの時期野球部の予選で日曜日はいないことも多く、その時間を勇太がどんな風に過ごしているのか気になっていたが思いがけず今ここで知る。

「ああ」

それがどうしたと、一雄がなんでもないことのように答えた。

「ふうん」

少しそれは真弓には意外で、何か寂しい思いがした。

会えない日曜日に「何してた?」と真弓は尋ねる習慣があったが、「適当や」と笑って勇太は返すだけでここに来ていると聞いたことは一度もない。

わざわざ黙っていることだとも思えないので本当に「適当」な過ごし方なのかもしれないが、一度も教えてくれなかったことには驚いた。

「……なんで?」

独りごちてはみたものの、男くさいばかりの倉を見渡すとたいした理由があると勘ぐる方がどうかしているとすぐに思える。

「おまえが野球部のマネージャーって、なんか意外だけど。女官やってたこと考えるとありそうな気もすんなあ」

よくわからんと、一雄も広二のそばに行って煙草を咥《くわ》えた。

この辺りは早々に二十歳になっていて、場所はどうかと思うが酒や煙草が絶対に駄目だという理由はもうない。

「言っとくけど全然女子枠じゃないよ、マネージャー。めちゃくちゃ肉体労働だよー」

子どもの頃とまるで同じようで、大きく変化してそれぞれの生活をしているのだと、不意に思い知らされた気がして真弓は仕方のない寂しさを感じた。

「なんにせよ、おまえが学校の部活で忙しくしてるのはいいことだよ」

煙草に火をつけて、一雄が笑う。

この山車倉のすぐ近くの神社で、真弓は幼い頃変質者に襲われて背中を切り刻まれた。

今もその酷い傷は背中に残ったままで、真弓がようやくそのことと向き合えたのは大学に入ってからだ。

軟式野球部の先輩八角優悟《やすみゆうご》の力を借りてのことだったが、それまでをなかったこととしてこうして接してくれていた幼なじみたちにも真弓は感謝していた。

「マジで。部活くらいしてろ」

頷いた広二も、一雄も、達也も皆、何も言わず触れないようにしながら、ずっとそのことを気に掛けて心配してくれていたのだと、寂しく思った途端に真弓は酷くありがたく思った。

そういうものが幼なじみなのだと、特別なことではなくふと思い知る。

「……結構向いてた、マネージャー。楽しいよ、部活」

不意に込み上げた幼なじみたちへの思いに胸が詰まって、笑おうとしながら俯く。

「部活やってたら、やっぱ祭りは無理か。もうずっと見てるだけだな、おまえ」

中二で山車を降りてから真弓が一度も祭りに参加していないことに、ふと一雄が気がついた。

「でも去年も出陣式から見てるし、無理ってことはないんだけど……」

言い掛けて、参加してみたいとは意外と言い出しにくいと真弓が驚く。

今年は丈に言われたように、見ているだけでなく山車の引き手として参加し始めてもいいのではないかと、迷いながらとりあえずここに来てみた。勇太の気持ちが摑みきれないのが一番の迷いだが、みんなと話していたら気のせいだったとも思えて来た。

参加は誰も拒まないだろうし、もしかしたら歓迎してくれるかもしれない。

だが六年も参加していなかった、輪ともなんとも言えないものが明確にここにはあると、山車倉に入ってみて真弓は知った。

「去年も浴衣着て見てるだけだったな」

祭りの最中は熱くなるのにそれを覚えていてくれた達也が、真弓に笑う。

「うん」

笑ったが達也は、山車を引いたらどうだとは言わなかった。

それで拒まれていると僻むほど真弓も子どもではなかったが、今更というハードルはいつの間にかかなり高くなっている。

「ねみい」

だるい挨拶《あいさつ》とともに、山車倉の戸が開く。

山車の向こうで姿は見えないが、声でそれが勇太だともちろん真弓にはすぐにわかった。

「んだよそれ」

あんまりな挨拶に、一雄が笑う。

「日曜やのに、朝はように荷運びさせられとってん」

「大変だなあ、山下仏具」

「おまえんとこは売るご身分やからな」

勇太が広二にぼやくのに、二人は仏具職人と仏具販売店という関係になったのだと初めて真弓は気づいた。

「まだ俺は外働きだけどまあ、いずれな。だから、いい仏壇作ってくれよ……なんて絶対親方に言うなよ！　オヤジにぶっ殺される‼」

「あはは、あほう俺かてそないなこと親方にゆえるかいな！」

広二と笑い合いながら勇太が奥に入ってきて、真弓を見つける。

「……真弓」

喜んでくれるとまでは思わなかったが、いや、ここでうっかり会えて喜んでくれると無意識に疑わなかった真弓は、勇太の顔に驚いた。

「試合、雨で中止になって……」

小さな言い訳が口をつくほど、勇太は真弓とばったり会ったことをよく思っていない。

「そうか。休めてよかったな」

すぐにやさしく勇太は笑ってくれたけれど、反射で真弓に見せた顔は、丈とプロレスをした夜と同じ拒絶だった。

嫌そうだったのは気のせいだったと思えて来たのは、あの晩以来この話を一度もせず、勇太のその表情を見たのが一瞬だったからだ。

「うん。でもなんか、却って疲れた」

だが今日ここに来たことで、勇太の拒絶は少しも気のせいではないと、真弓は確信せざるを得なかった。


六月半ば、全日本大学軟式野球選手権大会東関東予選大会という、長すぎて目的を見失いそうになる大会を戸田《とだ》球場で順調に勝ち抜き、早い時間の打ち上げを許してくれる最寄りの焼き鳥屋で真弓は一通り働き終えた。

「こんな時間からよく呑むみんな……」

梅雨の最中なのに今日は気持ちよく晴れて、暑くさえある中勝ち試合を戦い抜いた大隈大学軟式野球部部員たちは、飲酒年齢に達した者は既にかなり出来上がっている。

大学生の運動部員を受け入れてくれるこの戸田球場近くの焼き鳥屋の店主は、無類の野球好きなのでここに店を構えたと知って真弓は大いに納得していた。

「野球好きの大将じゃなかったら、出禁だよみんな」

体の大きい日頃から鍛えている二十歳そこそこの運動部員の声は、何を言っているのかわからないくらいうるさい。

「帯刀、少しは休めよ」

応援に来てくれて助言をくれて、その上お会計を多めに出してくれる去年の副部長八角優悟が、わざわざカウンターに来て立ち働いている真弓に声を掛けてくれた。

「助かりますー！」

たった一人のマネージャーでまだ二年生の真弓は、こうしてOBが「まあ相手をしろ」という体を作ってくれなければ、打ち上げの間中働き通しで焼き鳥一本食べられない。

「本当によく働くマネージャーだねえ。野球も詳しいし、最高のマネージャーだ」

カウンターの中から大将が労《ねぎら》ってくれて、選りすぐりの焼きたての串を並べて置いてくれた。

「ありがとうございます。でも野球はまだまだ必死で勉強しているところで。わー！　すっごいおいしそう‼　打ち上げ中に焼きたて食べられるなんて……奇蹟。夢かなこれ」

「その発言が、もうすっかりマネージャーだな」

大喜びで「いただきます！」と焼き鳥を頰張《ほおば》った真弓に、八角がビールを吞みながらいつものやさしい目で笑う。

「八角さん卒業しちゃって、ホントに全部一人になってひーひー言ってます。来年は後輩マネ欲しいなあ」

球場からこの店に向かう途中で、日曜日は一緒に東京《とうきょう》ドームで野球観戦をすると語っていた八角の相方、元部長の大越忠孝《おおこしただたか》は、現部長の隣でスターティングメンバーの問題点についてくどくど語っていた。現部長は気の毒だが、真弓はあたたかい焼き鳥にありついた幸運を逃すつもりはない。

ここのところずっと空気の悪い兄の大河と秀が何故仕事を通して複雑化するのか、ついさっき八角と大越がそのヒントをくれた。八角と大越の間には最初から野球があり野球しかないので、卒業後もつきあいは野球を通してだけだと何気なく語られた。

勇太と自分、龍と明信の間にはない、恋愛以外の大切なものがあるという厄介さが大河と秀にはあるのだと初めて知る。

だが真弓はそれを知っただけの話で、対処は全くわからない。大学生の自分の手には負えない話なので、帰宅したら家族に報告しようと今はただ焼き鳥を味わった。

「あ、八角さん彼女できました？」

ふと、真弓はいつもやさしく大人で相談させてもらうことの多い八角に、更にここのところ気になっていることを尋ねてみようと、おもむろに乱暴な前振りを投げた。

「……っ、……おまえは、なんなんだ。かわいい顔してなんなんだ。さっきこの店に入る前に話したことを忘れたのか！」

ビールに噎せて八角が、珍しく真弓に目を吊《つ》り上げる。

——あいつと呑んでても、ほとんど野球の話だよ。今はお互い彼女もいないし。

卒業後も、約束もなかった大越とこうしてつきあい続ける理由を、間に野球があるからだと話してくれたときに確かに八角はそう言ってはいた。

「忘れてませんよ……ただ、教えてくれないだけで実はということもあって可能性もあるかと思って……すみません」

まさか正直だったとはと思いつつも、ほとんど怒ったことのない八角を怒らせてしまい、真弓がしゅんとする。

「いや……すまん俺が大人げなかった。だが、おまえ自分に彼女がいるからって気軽にそういうことを微妙な年頃の男に訊くなよ！」

「すまんと言いながらまだ怒ってるんですね……本当にすみません」

「惨《みじ》めになるからそんな凹《へこ》まないでくれ」

「どうしたらいいんですか俺」

そんな彼女のいない男たちにいちいち気を遣っていたらもたないと、真弓は謝りながらもすぐ立ち直って焼き鳥をばくばく食べた。

「いいんだ、彼女なんか。できるときにできる。できればできるときできろ……で、何か相談か？　相談くらい訊くさ。一応経験値はあるんだ俺にも」

今は独り者でも過去に彼女がいたことぐらいはあると、八角にはほとんど持ち合わせがないと思えていた虚勢が張られるのに、触れてはいけないところに簡単に突っ込んでしまったのだと、真弓は焼き鳥の皮を噛み締めながらも再び深く反省した。

「あの、そうなんです。恋愛相談なんですが」

もういいですと今更引くわけにも行かないが、まず触りとして八角に彼女ができたのかを改めて訊いたせいで、どう尋ねたらいいのかが全く行方不明になり果てる。

「……うーん。あ、八角さん去年、うちの町のお祭り見に来てくれましたよね」

相談事の本題に関わる祭りに去年八角が来たことを思い出して、真弓はなんとか口を切った。

このまま沈黙しては八角の沽券《こけん》に関わると、最早主客転倒本末転倒である。

「ああ、大越に誘われて。盛大な喧嘩祭りだったな、楽しかったよ。今年も行けたらいいが」

「あれ、町ごとに一台の山車引くんです」

「大越と帯刀は違う町ってことか？」

「二丁目と三丁目なので、本当に近所なんですが……」

迂闊《うかつ》な質問から入ったせいで致し方なく相談を始めてしまったものの、八角に彼女がいないせいではなく、真弓は迷宮に入った。

山車が保管してある神社近くの倉で囃子隊の練習や事前の集会が始まったので、この間大雨で試合が流れた日曜日に真弓は顔を出した。

「ええと、俺が町会の山車を引いていたとして」

今年は見ているだけでなく丈に言われたように参加するのもありなのではないかと、勇太のこともあって迷ったがとりあえず顔を出したつもりだった。

「引いてなかったな、そう言えば」

「引いていたと仮定してください」

丈とプロレスをした夜に勇太は確かにそのことにとても嫌そうな顔をして、更には理由も呑み込んだ。

「？　うん」

「そこに、自分の彼女が山車の引き手になって祭りに参加したいと言ったとします」

そのことを真弓は気に掛けてはいたものの、そこまでは大事だとは捉《とら》えていなかった。勇太が理由を言わなかったのでしばらく考えはしたが、どんなに考えてもたいしたことではないと思えた。

自分が祭りに参加するかしないかということなど、たいしたことだと思う方が難しい。

「うん？　うん」

「彼氏が嫌だったとして、それってなんで嫌なんだと思いますか？」

だが山車倉に入ってきた勇太はやはり、丈とプロレスをしていた晩と同じに困ったというよりは、かなり嫌そうな顔を一瞬だけ見せた。

「え？　その仮定のおまえの気持ちを俺が想像するのか？」

そしてその晩と同じに勇太は反射で見せてしまった表情をすぐに引っ込めて、やさしく笑ってくれた。その顔も嘘だとは思えないし、やはりいくら考えても嫌な理由は真弓にはさっぱりわからない。

「ですよね……」

「なんなんだよおまえは！」

無茶言いましたと焼き鳥を食べ上げた真弓に、新しいビールを貰って八角は悲鳴を上げた。

「すみません。忘れてください」

さっぱりわからないのだが、勇太はどうやら本当に真弓が祭りに参加することをよく思っていないのも間違いなかった。

そしてその気持ちはとても大きなものだ。

だがそんなことに大きな負の思いがある理由は、真弓の想像の範疇《はんちゅう》を超えている。

「まあ、後輩の相談に乗るくらいしか俺もいいとこないし。よし」

勤めているイベント会社ではまだ一年目のど新人で女たちにも邪魔にされるばかりで、頼られる場面は今他にはないと、八角は無駄に張り切った。

「いいですよ、そんな無理して考えていただかなくても！　だいたい意味わかんない仮定だし‼」

「俺が彼氏だったら、彼女が山車引きたいって言ったら嫌だな」

長くは考え込まず、八角があっさりと欲しくなかった答えを真弓にくれる。

「……どうして嫌なんですか？」

「それは嫌だよ、彼氏なら」

そこに思いがけずすぐに理由付けがされることに、息を呑んで真弓は身構えた。

「おまえと大越の町の夏祭りだろ？　楽しませてもらったし、確かに若い女の子も山車引いてたが」

「はい。半分とは言いませんけど、女子率も高いです」

「俺はやだよ、自分の彼女があんなにオラオラ言いながら山車引いて、喧嘩腰で怒鳴ったり人をどついたりしてたら」

去年の夏祭りで八角は、大越と同じ二丁目一の山車の引き手、真弓の幼なじみでもある御幸《みゆき》にも遭遇していた。

御幸は女だが生まれつき恋愛は女しか選ばず引く手あまたの食い放題で、真弓は幼少のみぎり、男だからという理由で容赦なく無惨に捨てられている。

「嫌ですか」

理由付けに身構えたのに拍子抜けしながらも、「え？　そんな理由」と呆れた声を出さなかった自分を真弓は心から褒《ほ》め称えたかった。

「うん。女の子には、きれいな浴衣着て慎ましくしていて欲しいもんだろう。彼氏としては」

「八角さんって意外と……」

以前、年上の彼女が卒業して社会人になった途端にフラれてそれきり彼女がいないと、真弓は八角本人から聞いている。

どうして八角のような大人の男がフラれて、どうして八角のようにやさしくて理解のある男に彼女ができないのだろうと、真弓はずっと不思議だったが、答えは意外とシンプルなものだった。

話にならない。

「意外と？」

「いいえ。男の人ですねー」

長男と同じタイプだったかと、自分が八角を強く頼りに思った理由ごと、八角が何故モテないのかも突然真弓は深々と納得する他なかった。

そう言えば大好きな兄もかっこいいという理由で遠巻きにはよくモテていたが、近づくとほぼこんな感じなのは間違いない。だからたった一人宇宙から来た割烹着と激しく揉めながらも、十年以上に亘《わた》って交信しているのだという納得にまで及ぶことができた。兄が宇宙割亮着と出会えたことは奇蹟で、とてもよいことだともしみじみ思う。二人の喧嘩はとても迷惑だが。

「なるほどなるほど」

真弓は高校時代は学校で普通に同級生の女子と仲良くして誰よりモテたので、モテない男にどんな理由があるのかなどと考えてやったこともなかった。今初めて考えてやったが、考えるだけ無駄だ。

二度目だが話にならない。

「とても納得しましたが……」

女の子と仲良くしていただけでなく、真弓自身頭がシンプルな男は面倒で厄介で本当のことを言ったらそんなに愛せない存在だった。

「どうした」

何か真弓の納得の方向性がおかしいことくらいにはなんとか気づいて、八角が首を傾《かし》げる。

「いいえ。女の子って結構、あれですよ」

「どれだ」

「どれでしょうねえ」

指示代名詞で言ったところでわからないのがこのタイプだ。

なるほどなるほどとまた頷いて、善良な八角には八角に相応《ふさわ》しい彼女ができますようにと、真弓は焼き鳥の串に手を合わせて祈った。

「多少は役に立ったか」

元は自分が相談したのだったとほぼ役に立たなかった八角に問われて思い出し、焼き鳥の串に祈って終わっていいのか真弓が考え込む。

せっかく答えてもらったのだから、一応今言われた理由も想像しようと律儀に想像してみた。

「うーん」

真弓が一緒に山車を引くことが嫌な理由が、勇太が荒々しい恋人を見たくないからだと考えるのは、無理があるというよりは全く意味のわからない話だった。

だいたい真弓はただの一度も山車を引いたことがないので、八角にそうして語られれば、御幸ほど荒ぶることができるとはとても思えない。いや御幸を例に考えるのは行き過ぎていると思い留まる。だが達也や広二や一雄で想像しても、何しろ経験がないのでピンとこないが自分も勢いに乗ってついていきはするだろう。

恋人同士の喧嘩は、勇太とは大きな喧嘩も小さな喧嘩もたくさんした。真弓は気性が荒くはないが、気は強いし自分を引っ込めることがない。それが勇太の許容範囲を超えていたら、そもそも恋人ではいられないはずだ。

「ややこしくなりました」

しかし自分でも山車を引いている姿がほぼ想像がつかないとも、真弓も初めて気づいた。

「なんでだよ」

「いつも浴衣着ておとなしくしてました。そういえば俺は」

勇太が四年前に竜頭町に来てから祭りの間に己が見せた姿は、確かに八角が今語ったような、そうでもないような姿だったと、真弓は言葉の通り八角のせいで大層複雑な迷路に入った。

自分でもオラオラ言って山車を引く想像はしにくいが、勇太はもっと想像できない上に見たくないと思えなくもないような気持ちになってくる。

「でもそんな理由であんな嫌な顔……」

二度、真弓が見た勇太の顔は、そんな単純な嫌悪感よりもう少し込み入った「嫌」に見えた。

しかし勇太もまたシンプルな男である部分は多いとも知っていて、大人で理解があると思い込んでいた八角でさえこの有り様なのだから可能性としては全く否定もできない。

「男って……」

自分も男でありながら、「男ってバカなのかな？」と危うく真弓は口に出しそうになっていた。

「あ。そういえば前、悪かったな。俺」

自分の極めて古くさい男くさい言葉が真弓をそんな迷宮に陥れたとは知る由もなく、すんでのところで八角が違う話で言葉を止めてくれる。

「何がですか？」

バカだと言い掛けたことにも気づかず、真弓はなんとか迷宮から戻って八角を見た。

「んー？　在学中に、おまえに女物の浴衣着ろって、部員が盛り上がったときに」

言われて、去年のことを真弓もすぐに思い出す。

こういう野球部の打ち上げの場で、酔った先輩部員たちが真弓のことをいいマネージャーだと言った。

気立てがよく、よく働いてその上かわいいので女物の浴衣を着たらどうかという、当の真弓からしたら大変気の毒な盛り上がりだった。竜頭町では昔はそういう扱いには慣れていて、それは女っ気のない男たちが身近なところで少し潤いたいという、真弓からすると憐憫《れんびん》しかない盛り上がりなのだ。

「かわいそうだって、言っただろ？　俺」

自力で恋せよ男子たち、八角を含むと真弓が思ったところに、その八角が神妙な声をよこした。

「かわいそうって、無神経な言葉だよな。あのときは悪かった」

おまえを貶《おとし》めて悪かったと、八角が頭を下げる。

確かにあのとき、真弓は八角の「かわいそうだろ」と部員たちを諌《いさ》めた言葉に自分でも驚くほど衝撃を受けた。

子どもの頃から女物を着せられて育ち、それをきれいだと思った自分の心が、八角の言う通り「かわいそう」に思えてしまった。

けれど、自分を庇《かば》ってくれた八角が、庇った言葉で真弓を傷つけたことに気づくことなど全く期待していなかったし、望んでもいなかった。

家族以外の誰かにわかってもらえる思いだとは、思わなかった。

「やっぱり八角さん、やさしいなあ……」

恐らく八角は、真弓の育ってきた道まではわからず、「かわいそう」という言葉が与えた侮《あなど》りに気づいただけだ。

「やさしくないからあんなこと言ったんだろ」

まっすぐ「やさしい」と言われて、照れたのか八角が横を向く。

「そういうところをわかってくれる……」

二杯目の生ビールを照れ隠しに飲み干した八角の人柄を改めて尊敬して、焼き鳥の串ではあんまりだと真弓は思い直した。

「奇跡的に古風な大和撫子《やまとなでしこ》が、早く現れてくれますように」

手近なところで探すと、カウンターの上にそれこそ古式ゆかしき招き猫が赤い座布団に鎮座ましましている。

「招き猫に拝むな」

のんのん、と厳かに手を合わせた真弓に、八角は笑って三杯目のビールを頼んだ。

「そっか。去年もう四年生やったんか……」

八角と大越のように、大河と秀の間には恋愛以外の動かないめんどくさいものがあると真弓が夕飯の席で報告した夜、二人ともがあと眠るだけになった部屋で勇太が独りごちた。

「八角さんと大越さんのこと?」

今日の予選大会の記録を確認して鞄《かばん》に詰めた真弓が、ベッドに横たわった勇太の独り言に気づいて尋ねる。

「え?　ああ、うん。卒業してたんやなって。もう社会人か」

覚えず洩《も》れた言葉を勇太が拾われたくないことは、耳にしたときに本当は真弓にはわかった。夕飯のときは大河と秀の話に終始して全く気づいてやれなかったが、勇太は八角のことを気にしている。

「うん。今日日曜日だから、元部長副部長で試合観に来てくれて。居酒屋のお会計多めに払ってくれて」

「野球部のかいな」

「二人で一万円ずつ、毎回出してくれるの。社会人って大変だね!」

鞄の口を閉じて、真弓は勇太のベッドに腰掛けた。

「俺も社会人やけど、そんなんご免やで」

「俺だってやだよー」

その前提で来てくれる大越と八角の気が知れないと、真弓が笑う。

言わないように一生懸命勇太は頑張ってくれているけれど、八角にずっと複雑な思いがあることは真弓もよくわかっていた。

目を逸らし続けていた背中の傷と向き合わなければ、真弓は野球部のマネージャーどころか社会に出ていくこともできない。

——在学中は俺も目を配るし、大越も知ってることだ。そういう中で、おまえが背中のことどうつきあって集団の中で過ごすか、試してみたらどうだ。

考えずに流れでマネージャーを始めてから直面したその問題に、まっすぐ向き合ってくれたのは、たまたま真弓の背中を見てしまったまだ副部長だった八角だった。卒業しても八角は、大越の倍は野球部に顔を出す。

——耐えられないようなことがあったら、すぐに辞めていい。卒業しても、相談には乗るよ。OBはでかい顔するもんだから。

「……やだなんて、言って俺」

約束を律儀に守り続けてくれている八角を、改めて真弓は思い知った。

——何かあったら、すぐに俺に言ってくれ。

兄のように八角を頼りに思ったのは当たり前だ。八角は兄がずっとくれていたのと同じ言葉をくれたのだから。

「八角さん、元気やったか」

大越の名前は言わずに、勇太が観念したように八角について尋ねる。

「元気元気。仕事の話はあんまりしないからわかんないけど、んー、本日八角さんがモテない謎《なぞ》がとけた」

耐えてくれているけれど勇太に八角への嫉妬《しっと》があるのは当たり前だと、真弓の方が拗《こじ》れてやさしい八角のことをそんな風に語ってしまった。

「おまえ、あんなにお世話になっといてそないなことゆうたんなや！」

コラと真弓を叱って、勇太が真弓の言葉につられて少し笑う。

けれど長く大きな息を、勇太は二段ベッドの天井に吐いた。

「俺のせいやな。おまえが八角さんのことそないにゆうんは」

自分に気を遣って真弓がわざとそんなことを言ったのだと、勇太が逆に落ち込む。

「違うよ」

「変に気い遣うなや。そら妬《や》いとる俺かて、八角さんには。もともとめっちゃ大人やったのに、社会人になって俺にはできひんようなことして」

否定した真弓の髪に手を伸ばしてくしゃくしゃにして、勇太はそこで一旦言葉を切った。

「今も、おまえのこと見てくれとる」

卒業しても八角が野球部に顔を出してくれる理由の多くが自分のためであることを、真弓も否定する気持ちにはなれない。

約束を大切に守ってくれる八角の誠実を、勇太のためにでも裏切れはしなかった。

「けど」

ゆっくりと静かに、勇太が真弓を見つめる。

「おまえのために、おってくれなあかん人やった。あの人は」

必死というようにも、真弓には思えない。

そうして静かに大きく息を吐くように、勇太は気持ちを自力で整えてくれている。

――おまえの背中見られたんが、その人でよかった。ほんまに。

去年、そうして八角に世話になって頼りにしていることを何もかも打ち明けた真弓に、勇太は背を張って声を張って、告げてくれた。

いいことも悪いことも全てを見てきた、神社の境内で。

「俺に気いつこて、八角さんのこと悪くゆうな」

少し、勇太の声が強く真弓を叱った。

「俺そんなん情けないし、あんだけおまえのこと見てくれとる人に悪いやろ」

それは自分に言い聞かせるような強い声で、そういう心でいてくれる勇太を、真弓は強く頼りに思った。

心からそう思ってくれている。思おうと頑張ってくれている。

どちらにしろ、真弓は勇太がとても心強くて、何より大好きだ。

「そうだね……八角さんには本当に、助けられてる」

今日焼き鳥屋のカウンターでその勇太のことを八角に、真弓は相談しようとした。いや、相談した。即答を与えられて、そこのところは真弓は迷宮に入ったままだ。

出会った年には、秀が縫ってくれた女物の浴衣を着て勇太と祭りを見て歩いた。町に馴染《なじ》んだ勇太は翌年には山車の引き手として祭りに参加して、真弓はやはり秀が新しく縫ってくれた男物の浴衣を着てそれを見ていた。去年もそうした。

自分が祭りに参加して荒々しく山車を引けたとして、それが嫌なのかと恋人に尋ねそうな迷路に真弓はいたが、いざ目の前に勇太を見つめると問い掛ける気にはとてもなれない。

「お世話になってる。だから勇太に気を遣わずに、遠慮なく思ったままを言うと」

何故そんな問いを自分の胸に残したのだと、いつも助けてくれるやさしくて誠実で大人な八角の全く話にならない部分に真弓は大きくため息を吐いた。

「封建主義の話になんない大河兄に限りなく近い今時の女子からしたら絶対ノーサンキューな男の人だと、今日思い知った。八角さんのこと」

頼り甲斐のある男らしさとはどうしてもそうした話にならなさと表裏一体なのかと、兄と八角という二人のモデルに思い知らされる。

「おまえ」

思わず本気で言った真弓を、まじまじと勇太は見た。

「気の毒やろ！」

「だって。彼女いないの不思議に思ってたけど全然不思議じゃないと今日世界の謎が解けた」

「おまえは高校んときもようモテとったけど、男にはほんまそこ鬼門やで!!　絶対本人にゆうたんなよ！」

胸に複雑さを抱えながら、そればかりは本気で八角に同情して声を荒らげ体まで起こした勇太も、頼り甲斐を感じさせるということはやはりそういう側面を持っている可能性があるということになる。

「うーん」

自分が荒ぶるのを見るのを恋人が嫌だと、そんな可能性まで考えなければならないのかと真弓は唸《うな》った。

「何がうーんや！」

「モテない男の人ってかわいそうだと思って」

そんなことが嫌ならばそれは八角も勇太もついでに大河も永遠にモテることはないだろうと、

真弓には納得が行く。

「おまえほんまに体育会社会でやってけとんのか‼」

人様の傷口に粗塩を塗《ぬ》り込む真弓に、勇太はほとんど悲鳴だ。

「勇太も結構男の中の男みたいなところあるよね……」

「なんなんやおまえいったい！」

モテないというワードは自分という恋人がいる勇太にさえそんなにも地雷なのかと、真弓の男たちへのため息はただ深まるばかりだった。


五月に笛の練習を始めた明信《あきのぶ》を見つめて感じた違和感は気のせいではなかったと、六月の終わりには龍《りゅう》は確信する他なかった。

夜は近所に悪いからと、明信は花屋のバイトの休憩中に笛の練習をする。

「音が整ってきたな」

その音色を聴きながら龍は夕方の花を手入れするのがここのところ日課になって、明信に聞こえないように呟《つぶや》いた。

聞こえると明信は、「何？」と手を止めてしまう。

「……笛の音色は、ずっと同じだ」

明信は随分早い時期から囃子隊《はやし》に志願して、笛を吹き始めた。そこまで龍の記憶にはないが、恐らく山車《だし》は子ども山車を少し引いただけで明信はただの一度も引き手として祭りに参加していないのだろう。

明信が囃子隊に志願した頃龍は中学生で、一番荒れ果てていた時期だ。夏祭りは滾《たぎ》るばかりで、止め方の言うことも聞かずに山車を暴走させて他の町と大喧嘩《おおげんか》を繰り返した。

「それが今じゃ止め方たあ、あれだな。因果応報ってやつだ」

自分ほどその言葉が身に染みる馬鹿はいないだろうと、過去に人を傷つけてきたことには何度でも呆《あき》れて後悔する。

白と紫のトルコ桔梗《ききょう》を水揚げしている素振りで、龍はレジ台の椅子《いす》に座って笛の練習をしている明信をじっと見つめた。

相変わらずの眼鏡《めがね》に黒髪が少し伸びている明信が、変に憂いを帯びて見えるのはどうやら恋の魔法ではないらしい。そちらの方が余程ありがたいが、明信は笛を吹くときだけ明らかに酷《ひど》く憂鬱《ゆううつ》そうだった。

去年も明信は、自分の前でこうして夏祭りのための笛の練習をしていたはずだ。そのとき龍は、恋人の憂鬱には全く気づかなかった。

恐らくは今何かに気を囚《とら》われているのでもなく、特別な悩み事があるのでもなく、明信は笛を吹く度ただ憂鬱そうだ。

「……映画とかなら、なんかロマンみてえなやつなんだろうけどな」

物が横笛なだけに龍には馴染《なじ》みのない和風ファンタジー映画のような展開でもおかしくないが、ここにある憂鬱はもっと現実的なことだ。

ここにある憂鬱とは、明信の憂鬱だけではなく、それに初めて気づいた龍の憂鬱でもあった。明信とこういう仲になって、去年どころか一昨年も、龍はこの距離感で祭りの前に笛を練習している明信を見ている。

「いつも、五月には始めてたな……だから」

夏祭りを皆と同じに楽しみにして、お囃子を楽しんでいるのだと、龍は思い込んでいた。明信が笛の練習を早く始める理由をそう決めつけていた。

最初にここで明信が笛を吹いたときの感情を、実のところ龍はかなりはっきりと覚えている。いいものだと、思った。とても心地よく、恋人の吹く笛の音を聴いた。こうして恋人が祭りを前に笛を吹き始めるのを聞きながら梅雨《つゆ》と夏を過ごせることを、今までにない大きな幸いに感じていた。

だが明信にとってこの行いは、どう見ても全く幸いではない。

「お祭りに間に合うかな。仕上がってきた？」

一頻《ひとしき》り奏でた笛を膝《ひざ》に置いて、小さく息を吐くと明信は手入れを始めた。

「ああ、いい音色だ。そんなにまともに祭り囃子練習して、おまえはホントに偉いな」

楽しそうにはまるで見えないのに律儀だと、思わず龍がため息を吐《つ》く。

「お祭りの日、誰も聞いてないのにね」

そう言っていつもと変わらない顔で明信は笑ったが、誰も聞いていないことなど不満に思うような恋人ではないことくらいは龍もよくわかっていた。

「お夕飯、なんにしよう」

七月を目前にして日は長いが、商店街ではぼちぼち閉店時間になる店も多く、シャッターが降りる音が夕方を伝える。

遠くで、帰宅を促す小学校の音楽が鳴った。

龍や明信が子どもの頃から、ずっと同じ音楽だ。

「……ひは、おちて」

珍しく明信が、その音楽に合わせて小さく歌う。

笛を練習しているせいか普段なら絶対にしないようなことを恋人がするのに、揶揄《からか》わず龍はただその声を聴いていた。

笛をしまってやっと、明信から憂鬱が去る。やはり笛を吹くときだけ、明信はその憂鬱を纏《まと》うのだ。

「向かいから、新島《にいじま》の土産《みやげ》だって干物貰《もら》ったんだ。それ焼いてくれよ」

「いいね、新島の干物なんてすごい。じゃあ、お漬け物とお味噌汁《みそしる》と」

干物のことを考え出した明信は、新島だと聞いてとても嬉《うれ》しそうにしている。

向かいの本屋は新島に親戚がいてたまに大量に干物が送られてくるので、それこそ子どもの頃から龍はそのご相伴にあずかっていた。小学生の頃はとにかく肉が食べたくて、母親が干物を貰うとうんざりした。

一人になってなんとか店も生活も立て直した頃、若い頃町にも家族にも迷惑を掛け倒した龍を許してくれたのか、本屋の主人がまた干物をくれるようになった。

許されたことがありがたいと心から思ったが、実のところ龍には干物は焼くのも始末するのも難儀だ。

「年取ったな、俺」

その干物を明信が焼いてくれて、味噌汁と漬け物を付けてくれるなんて本当に幸せだとしみじみした自分に、覚えず呟く。

「どうしたの。そんな独り言まだ早いよ」

困ったように、明信は笑った。

「おまえも新島の干物、浮かれるんだな」

「おいしいよ、本屋さんからの頂き物はすごく。僕だけ贅沢《ぜいたく》させてもらって、申し訳ないくらい」

その申し訳なさは、家族に掛かっているのだと龍もわかっている。

「俺は最近だ、あの干物のありがたみがわかったのは。三十になるまではとにかく肉だったよ。おまえんとこもまだまだそうだろ。男六人で」

「……言われたら、そうだった。僕は子どもの頃からお魚好きだったんだけど」

言い掛けて、ふと何かに躓《つまず》いたように明信は言葉を切った。

明信の両親、帯刀《おびなた》家の父と母は、まだ兄弟が一人も成人しないうちに交通事故で一度に亡くなった。長女の志麻《しま》は紅一点だったらなんだというタイプで早々に家事を小学生の明信に押しつけて、明信が弟の丈《じょう》のゼッケンを付けられないと泣いていたところに、たまたま龍は居合わせてしまった。

優等生で面倒見がよくてやさしい明信が、まだ幼いのに弟のゼッケンがつけてやれないと膝を抱えて泣いていた姿は、今も思い出すと龍の胸を締め付ける。

「ガキの頃から好きなのか。魚」

家庭科の授業が始まって、兄弟の食事もほとんど明信が作っていたのを龍も知っていた。

「ううん。僕も最近かも。ここでおいしいの食べて、それで」

多くの過ちをしてしまった龍の過去を知っている明信は、こうして恋人としてつきあいながら、龍に結婚して父親になって欲しいと言ったことがあった。そのことはまだ本当は、明信の中で完全には折り合っていないと龍にはわかっている。時間が解決するだろうかと、黙って見ている。

その気持ちを知った弟、丈が、店にきて明信を連れ帰ろうとしたことがあった。

――オレはさ、明ちゃんが本当に幸せならいいんだよ。

全然いいと思っていない顔で、純粋な怒りと兄への愛情を丈はまさにここでぶちまけた。

――だけどなんか、全然信じられねえんだ。オレ、明ちゃんが嘘《うそ》ついててもわかんねえんだよ。情けねえけど。

子どもの頃から、丈は兄である明信が黙って全てを譲ってくれ続けて、それが明信の核になってしまって、もう明信が本当に欲しいものがわからなくなったと言った。

――オレが青がいいっつって、緑を取った明ちゃんが本当に緑でいいのか。騙《だま》され過ぎて、全然……わかんねえんだよ。明ちゃんの本当の気持ち。

きっと本当に丈には、実際にそういう思い出がたくさんあったのだろう。

そしてそのとき龍は、丈の気持ちの方がよくわかった。

「おまえが全員のメシ作ってるとき、どんなもん作ってたんだ?」

家では魚の方が好きだなどと、きっと明信は一度も言ったことがない。それは明信には家族を悲しませるかもしれない秘密だから、それで今途中で言い掛けてやめたのだ。

「大量の唐揚げ、大量の生姜《しょうが》焼き、大量のハンバーグ、大量の」

「もういい」

笑って止めた龍に、明信も笑う。

つきあい始めた翌年だった。丈がここで明信を心配して叫んだのは。恋人である自分とは、龍が結婚するまでのことだから心配しないで欲しいとつきあいを反対し続ける家族に言ったことで、丈が爆発した。

そう言われてしまう自分もまた、明信が心から望むことがわからないと、二年前の龍は思った。

——俺、変わるから。

その日、龍は明信に約束をした。

「俺も最近は魚だけど」

今でも明信は、誰かの前に出て自分の幸いを選ぶことをしない。それは明信の核ではあるけれど、丈が叫んでいったように、龍にもずっと恋人の欲しいものが知りたいという願いがある。

「次来たときは、おまえが食いたいもん作ってくれよ」

選ばず譲ってきた明信には、選ばないことがもう強い意志のように見えることもあった。

「え」

そんな言葉に酷く困って明信が目を見開いて固まることは、予想の範囲だ。

「龍ちゃん、わざとでしょ」

困ることを予想されていたと気づいて、明信が小さく口を尖《とが》らせる。

「そう。おまえこういうこと自分で決めるのすげえ苦手だから、わざと」

「龍ちゃんがおいしかったら、僕もおいしいんだよ……」

「おまえは」

椅子にいる明信に歩み寄って、そこまで行くと往来から見えないので龍は掌《てのひら》で頬《ほお》に触れた。

「ホントに、俺には上等すぎる、貞淑な妻みたいなもんだ」

「やめてよ」

「その上、芯《しん》は曲げねえ。もしもの時は白装束で懐剣で喉《のど》突くような」

「この間そんな時代劇観てたね……」

冗談にして欲しいのだろう。明信は無理をして笑った。

「丈が泣いてただろが。丈も、俺も、おまえを喜ばせたいんだよ。時々思い出せ」

「……それはでも、僕には相変わらず難しい。すごく」

明信らしくなく、音を上げるのが早い。

本当はこの辺りはもう、明信にはそんなに重要なことではないのかもしれないとも、龍も思ってはいた。卵が先か鶏が先かとなるけれど、譲れることなのかもしれないし、ずっと譲って来たので最早選び方もわからないのかもしれないし、その両方で音を上げるのも早いのかもしれない。

そして明信の言葉通り、大切な人の幸いが明信にとって一番大切なことなのは、間違いはない。

「俺もおまえと食えたらなんでもうまいよ」

告げると、明信は嬉しそうに笑った。

もうさっきまでの、膝の上の笛を奏でていたときの憂いは何処にもない。

何故、笛を吹くときだけあんなにも憂鬱そうなのか、考えても龍には答えは見えなかった。

ずっとこうだったのだろうか。それとも去年や一昨年と、今年の明信が違うのだろうか。

「この間おまえが笛出したと思ったら、もう夏祭りまで一月半か」

笑いかけると、笑い返そうとした明信の顔はやはり、わずかにだが影を帯びる。

去年の今頃の明信はどうだったか、思い出そうとしても、龍には笛の音が聞こえるだけだった。

それを心地よく聴いていた去年までの自分は、明信がどんな表情をして笛を吹いているのかまるで見ていなかったのかもしれない。

笛を聴いて恋人を傍《かたわ》らに過ごす己の幸いばかりが胸に返って、去年の明信の顔が、龍はほんの少しも思い出せなかった。

七月最初の日曜日が巡った。

二十日になると、秀《しゅう》と勇太《ゆうた》が帯刀《おびなた》家の玄関を叩《たた》いて本当に丸四年になる。

一年目は秀がケーキを焼いた。二年、三年と時が経って、いつの間にか「この日で何年目」と誰かが数えることも少なくなり、それはこうして皆が一緒に在るのが自然になったということだとは、もう数えなくなった家族たちは気づいていない。

「ホントに世話が焼ける！　大河《たいが》兄と秀‼　俺と達《たつ》ちゃんで百花園《ひゃっかえん》デートセッティングしてあげないといけないとか、二人ともいったいいくつ⁉」

世界一の藤棚を巡る喧嘩がまだまだ終結しない大河と秀を百花園で二人きりにしてやって、秀の誘導を頼んだ達也《たつや》とスーパーでたこ焼きを食べ終えてそのベンチを離れながら、真弓《まゆみ》はふと思い出し怒りをした。

「俺と達ちゃんでってておまえ……いちいち言うのも疲れるけど、俺は、いつでも、いついかなるときでも、完全なる巻き込まれ事故に遭ってるだけだ」

険悪な状態が長期化している上に悪化しているという大河と秀を百花園に置いてきたものの、全くの部外者なのに秀を帯刀家から百花園に連れて行くことを任された達也は、どんなにめんどくさがりでもそこは突っ込まずにいられない。

「達ちゃんは秀に世界一懐かれてる他人だからしょうがないって、説明したじゃん」

家に引き籠《こ》もって白い割烹着《かっぽうぎ》を着て原稿を書いているか家事をしているかで人生が完結している秀は、外に友人は達也しかいない。何故なのか達也だけだと、それは達也も恐怖とともに常に体感していたし、家族も認める秀の唯一の心の友は達也だった。

「俺は、懐いて欲しいなんて一度も思ったことはねえぞ。ましてやあんな宇宙と交信してる先生に、世界一懐かれるとか、マジで勘弁してくれ」

冷房の効いたスーパーはただたこ焼きを食べに来ただけなので、暑い往来に出て三丁目に向かって二人で歩く。

達也は今カビのように生やしている髭《ひげ》を秀と真弓に全否定されて、バーバー鎌田《かまた》に行こうかどうしようか悩んでいた。

「うちの奥さんそんな風に言わないでよー」

「……そうだな。悪い」

「でも宇宙人に地球で一番懐かれたらちょっと重いよね。わかるぅ」

「ちょっと重いとかで済むか！　わかるな‼」

どれだけ今日くたくたになったと思っているんだと、最近ほとんど荒らげることもなくなった達也の声も大きくなる。

「もー、どうして欲しいの」

「先生のことに関してはどうか俺をほっといてくれ……」

「何故秀はあんなにも達ちゃんだけを愛してしまったんだろうね」

「ヤメロ」

夕方近くなっても外は暑いが、今スーパーで二人とも冷え過ぎたのでだらだら話しながら歩くにはちょうどよかった。

「一丁目か。何処も本気出してきたな、七月だもんな」

何処かからお囃子の音が聞こえて、達也の気持ちが俄《にわか》に上がるのが真弓にもわかる。

「お囃子の音で一丁目とかわかるの？」

残念ながら、真弓の気持ちは上がるどころか俄に落ちた。

祭りに関しては今、真弓は勇太のことしか考えられない。勇太が自分が祭りに参加することを、全くよく思っていないこと。その理由がまるで見えないこと。その両方で気持ちがただ落ちる。

「いや？　方角だよ。あっちから聞こえんだろ？　一丁目の山車倉がある方だ」

「なるほど」

中学三年生から大学二年生になった今まで、自分は本当に夏祭りの外側で生きて来たのだと、達也の言葉を聞きながら真弓は思い知った。

そのことは多少寂しく思ってはいたけれど、参加しなかったその数年の間で、生まれる前からずっとこうして当たり前に居る幼なじみとさえ聞こえる音が違うと気づいたのは、今まで持っていた寂しさに比べられる感情ではなかった。

「ヤバイ。僻《ひが》んじゃう。あのさ、達ちゃん」

「んー？」

夕暮れの町を歩きながら気持ちよくお囃子を聴いているように見える達也が、実はカビのような髭を剃《そ》るか剃るまいかで頭がいっぱいだとは真弓にも見抜けない。

「俺、一緒に山車引いたら士気が下がる？」

「は？　なんだその話」

「達ちゃんたちが言ったんだよ！　中二で女官降りて、女官だった俺が山車引いたら士気が下がるって‼」

ずっと言い分を聞いて守ってきたのにその反応はあんまりだと、真弓は思わず大きな声を出した。

「え？　俺が？　いつ言ったそんなこと」

「高校んとき」

「へえ……まあ、それは言ったんだろうけど」

言っていないとは言わずに、達也が考え込んで頭を掻《か》く。

「悪かったよ。それで気にしてずっと山車引かなかったのか?」

「そう言われると……そういうわけでもないけど。でも、そうかって思った。そのとき」

何か達也が少し様子を変えたので、真弓は驚いて身構えた。

真弓はこういうとき人の気持ちの変化を割りと察する方で、その上達也はつきあいが長過ぎて、たまに改まられるとすぐにわかる。

身構えたのは、達也がいつになく真面目な話をしようとしているのがわかったからだ。

「あのさ、こういうこと言うと職場とか呑《の》み屋とかのおねえちゃんにすげー怒られるから。言ったら駄目なやつなのは俺もわかってんだけど」

「……うん」

そんな前置きをされるとはどれだけ深刻な話をしようとしているのかと、真弓が息を呑む。

「おまえは男だけど、さばさばしててカラッとしてて。言いたいこと言うし、つきあいやすい」

「それ、前も言ってくれたね」

「おまえが女だったらおまえと結婚して二人とも楽だったのになって、言ったな。なんかそんなこと」

告げた時に自分の思いでいっぱいだったので達也も覚えていたが、今この場ですっと言えたのは湿った気持ちが去ったからだと気づいて、それはどちらにも良いことに思えた。

「そりゃそうなんだけどよ、なんつうか。やっぱ、おまえ女の服着て育って」

この町では当たり前のこととして七五三も女物の着物で祭りでは女官で、姉には日常的にワンピースを着せられてもいた真弓に、改まってしかも達也が触れるのは、真弓には驚きを通り越して不安だった。

「おまえはおまえで、男がつきあいにくいとこあっただろ。変に絡まれたり、舐《な》められたりやな思いもしてきたよな。俺がさせたこともあったよ」

「達ちゃんは……別だよ」

「別じゃねえよ。覚えてんだろ？　ガキの頃は追っかけ回したし、変に意固地になって口きかなかったこともあった」

「……うん」

ないことのようにしてきたことに幼なじみがそっと触るのを、どうしたらいいのかわからずにただ頷《うなず》いて聞く。

「高校は女友達に囲まれてたな、おまえ。言っとくけどこれ、おまえがなんかだって言ってんじゃねえぞ。だけどなんつうか、やっぱちょっと女と近いとこもある」

達也の言い難そうな様子から、その「女と近いところ」がいいところとして語られていないのは真弓にもまっすぐ伝わった。

「……どの辺？」

「おまえからしたら理不尽だろうけど、男ってマジで脳みそシンプルなんだよ。単細胞なの。

そんなに深く考えないで結構ひでえこと言って、そんで責任も取んねえですぐ忘れちまったりする」

「それって、酷くない?」

　そんなことを達也が当たり前のように言うのは、真弓にはとても信じられない。

「酷いよ。でも、俺もそういうとこある。無神経で単細胞で、その上自分で言ったことなんか忘れちまったり。そういう男いっぱいいるから、なんつうか」

　一生懸命聞きながら、達也の言いたい本題はこの先なのだとなんとか気づけて、真弓は続きを待った。

「おまえは今、男ばっかの野球部にいるし。勇太は、めちゃくちゃおまえのこと考えてくれるやつだと思うけど。そんでも、男ってそういうもんだって覚えて、おまえも気をつけろよ」

「俺が気をつけなきゃいけないの?　酷い男に?　男の方が酷いのに?　それって理不尽じゃない?」

「男に傷つけられないように、男ってそういうもんだって身構えて気をつけろ。ジャイアンに気をつけろ、みたいな話だよ」

　子どもの頃みんなで回し読みした漫画に出て来たガキ大将のあだ名を言われて、真弓はようやく達也の言いたいことをなんとか少し理解する。

「ジャイアンって、やさしいよ。本当は」

「それは映画版ジャイアンだ。普段はだいたい乱暴者の暴君だろ？　バット持って追っかけてくんじゃねえか。そのバットで殴られないように、逃げろって言ってんの」

「……なんか、わかった。俺は男をわかってなかった。男なのに」

俯《うつむ》いて呟《つぶや》いた真弓の言葉に達也は何も言わなかったので、この納得であっているのだと真弓はため息を吐いた。

「そのとき俺がそんなこと言ったのは、ホントに悪かったよ。軽口だったけどおまえは気にして、今でも夏祭り山車引けないでたんだな。ごめんな」

「違う違う。気にしてたし覚えてたけど、達ちゃんのせいで山車引けなかったんじゃないよ！」

そうではないと、慌てて首を振る。

「ごめん。俺、山車引いてないのはなんか……そんなにたいした理由はないんだよ。最初はホントに、そうだな女官降りたばっかりでって思ってる内にタイミング逃しちゃっただけで」

言葉にしたのは、少しも嘘のない話だった。ここまで真弓が山車を引かずに来たのは、そんなに大層な理由はなく本当にただなんとなくだ。なんとなく混ざらないでいたら、輪の中に入りにくくなった。縄跳びみたいなものだ。

そこに丈が、「山車を引いたらどうだ」と言ってくれた。言われてみたら誰かが誘ってくれるのを自分は待っていたのだと気づいて、気持ちが浮かれたら恋人が酷くそのことを望まない顔を思いがけず見せた。

それが今の真弓には大きな問題なのだ。

「おまえが十四まで女官だったってのは、やっぱ特別なことだけど」

町会の者として、幼なじみとして、達也が誠実な顔を見せる。

「その禊《みそ》ぎはとっくに終わっただろ。女にはもう見えねえよ」

山車を引かない理由はないと、達也は丁寧に教えてくれた。

「おまえがしたいようにしたらいいさ。いつも通りきれいな浴衣着て眺めてるのが楽だってこともあんだろうし、山車引いてみたかったら引いたらいい。おまえがしたいようにしろよ」

いつもやさしい、さっき自分で頭がシンプルな男だと言い切った割りには精一杯真弓のことを考えてくれる幼なじみは、いつもと変わらない声を聴かせてくれた。

そのやさしさと誠意に真弓も思いきり応《こた》えたいと力んだ結果、迷宮は更に深みに嵌《はま》る。

「……したいように」

問題は根本であり原点に立ち返った。

士気が下がると言われて納得したので、山車を引かなかった。そのままタイミングを逃して輪には入れず寂しかった。丈が声を掛けてくれて輪には入れると嬉しくなった。けれど勇太がとても嫌そうでどうしたらいいのかわからなくなった。

そこには、真弓自身がそもそもどうしたいのかという基本が一切存在しない。

「ごめん達ちゃん、一生懸命考えて俺のために言ってくれたのに。それって……」

だいたい全てにおいて実は、真弓はそうだった。

勉強も好きだが、学校があって試験があって課題として与えられるから勉強をするのであって、大学に入って自主性を重んじる学問の世界に突入したらやりたいことなどすっかり行方不明になった。

野球部のマネージャーも、将来は間違いなく総理大臣になるのだろう竜頭町二丁目在住の元部長大越忠孝《おおこしただたか》にたまたま強く勧誘されて、迷いながら続けたらそこに仕事があり人に求められるのでやり甲斐《がい》を感じているが、自主的にマネージャー仕事がやりたいかと言われるとそれも行方不明になる。

そう遠くない就職のことを考えるとその巨大な禁忌に触れるので真弓は蓋をしているが、そろそろ考えなくてはならないと思うだけで今にも倒れそうだ。

「それって……地獄の釜の蓋」

「ん？」

「呪文《じゅもん》だね、やりたいこと」

「なんの」

真弓が何を言い出したのか、幼なじみといえど知るには限界を超えて、達也はただキョトンとしている。

「迷路に入る魔法の呪文」

「俺、魔法使わねえぞ」

「真弓がその魔法にすぐ掛かっちゃう」

「言葉幼児返りしたぞ！　おい大丈夫か‼」

その危険信号を達也はよく知っていて、真弓の顔を覗《のぞ》き込んだ。

「真弓は果たして」

心配してくれる幼なじみの声を、真弓が遠くに聞く。

「山車を引きたいのか、きれいな浴衣を着たいのか、なんかしたいことがあるのか否か……」

そもそもそのきれいな浴衣も自分で選んだことは一度もないのだと、魔法に掛かった真弓は今見なくてもいい深淵をうっかり見て立ち止まった。

四月から家を覆っていた大河と秀の険悪が過ぎる暗雲は、この家で六人暮らしが始まった七月二十日が四年目の日だと誰も気づかないまま通り過ぎた頃、立ち去った。

「もう世間は夏休みなんだね」

外から小学生の遊ぶ声が居間に飛び込んで来て、世間など全く知らない白い割烹着の秀が世間を語ってのほほんと微笑《ほほえ》む。

「ガキはいいなあ」

今日は日曜で本来は休みだがこれから出張の大河が、秀が丁寧に出汁《だし》を引いた味噌汁を飲みながら呑気《のんき》に笑った。

真弓と明信と勇太は普通に休みだが、たまたま日曜日の朝食を皆共にしていて、丈はジムに行く支度をしている。バースは縁側で耳を掻きながら、心の底ではその全員が二人に盛大に文句を言いたい。

よくも三か月もそんなに仲悪くいられるものだと、家族は喧嘩が終わっても呆れ返っていたが、一年目、二年目には言えなかった言葉を秀が大河に絶え間なく渡し続けたことは大きな進歩だ。幸いだとも皆が思う。

だが、四年も経ったのだからと変化をありがたく感じるには、六人家族の内の二人が険悪で在り続ける三か月はいくらなんでも長過ぎた。

「だけど珍しいね。出張」

ＳＦ雑誌「アシモフ」の編集をしている大河にはごく普通の出張は少なく、茶を注ぎながら秀が呟く。

「そうだな。久しぶりだ、こういう出張は。富山《とやま》から入って、福井《ふくい》だ。福井に恐竜博物館があるから、大御所の取材のお供だよ」

朝食を終えて、出支度を既に整えている大河は、時計を見ながら茶を飲んだ。

「いいね、恐竜博物館。富山か……行ったことない。どんなところなのか想像つかないな」

富山に行ったことがないと羨《うらや》む養父に、麹《こうじ》屋の上等な大豆と塩と手間の掛かった減塩味噌で作られた大切な味噌汁を、勇太は噴かざるを得なかった。

「……おまえは富山の果てまで行っとんで……」

京都《きょうと》に愚鈍なSF作家阿蘇芳秀《あすおうしゅう》と二人きりで暮らしていた子どもの頃、京都市内のバスも間違える秀が「原稿が終わらないから網走《あばしり》に行く」と朦朧《もうろう》と呻《うめ》くのを富山に運んでごまかした苦労は、勇太の記憶から生涯消えることはない。

「気持ちはわかるが今はやめとけ。やっと味噌に安心してんだこっちは！」

磨いたグローブをリュックに詰めていた丈は、刺激するなと勇太に小声で吠《ほ》えた。

「俺かて荒立てたないわ！　せやけどな……っ」

「……今度、仕事抜きで行こうか」

わなわなと震えている勇太に気づかず、三か月のスーパー陰湿タイムが終わって恋人同士の甘い幸せを堪能している大河が、腹が立つことに少し照れながら秀を誘う。

「本当に？　嬉しい。恐竜博物館」

更に腹立たしいことに秀も恥じらって、白い割烹着の裾《すそ》を摑《つか》んだ。

「ろまんちっくなんだかなんなんだか全然わかんない恐竜博物館のトキメキ」

あれだけ家族を騒がせて恐竜でときめくとは何事かと、真弓も味噌汁を飲み終えて目を剝《む》く。

「僕はわかるよ」

「そこじゃないよ明ちゃん!」

キョトンとした明信に真弓は、腹立ちのポイントがわかっていないとすかさず突っ込んだ。

こちらは今迷いの森なのにという真弓の八つ当たりが、あらぬ方向に飛んでいる。

「せや、そこやないで。おまえも所詮《しょせん》は秀の側の人間や」

その真弓の八つ当たりには気づかずに、作家と学者馬鹿は同じ棚だと、勇太は無造作に秀と明信を一緒に棚に入れた。

「そんな……っ‼」

この三か月の流れを見てきたはずの勇太に白い割烹着と同じにされては、どんなに敬愛する割烹着といえど明信も思わず悲鳴が洩《も》れる。

「なんつうこと言いやがる勇太。明ちゃんと秀を……っ」

これは兄のために戦わなくてはならないと、丈が勇太に抗議した。

「俺のおとんやぞ」

「あ、その逃げややこしくてずるくない?　だって先に言ってはならぬことを言ったのは勇太なのに」

兄弟だからではなく、それはないのではないかと、真弓が口を挟《はさ》む。

「せやな……俺が悪かった。空と地面を同じっちゅうたな俺は今」

逃げたことを認めて、勇太は反省を露《あら》わにした。

「こちらこそ大変な失礼を……地面としては光栄の至りです」

「どっちがいいとかある？　人間かそうじゃないかみたいな話だよ」

眼鏡を掛け直した明信に、誰にも気づかれぬまま心がそこそこ沈んでいる真弓がため息を吐く。

その言葉に、四人は何もなかったかのように、いや以前よりとても仲睦《なかむつ》まじくしている秀と大河を、改めてまじまじと見つめた。

「どうやって恋に落ちたんだろうね。あの二人」

高校一年生のときに同じクラスになって出会ったことは百も承知だが、同じクラスになったら恋に落ちられますという理屈では真弓には到底納得できない。

「どないしてやろな……」

そう言われると、ただ同じクラスになっただけで恋ができるなら、メダカと鶏にだって恋は可能なはずだと勇太も考え込んだ。

「恋……オレには手掛かりすらないのであった」

片思いが得意な丈は、恋人になった二人の始まりにまで少しも辿《たど》り着けない。

「恋は人それぞれ……恋は……人、それぞれだから……」

誰が誰に恋をしようと、それを何故などという権利は誰にもないはずだと言いたい明信も、「人それぞれ」が呪文と化した。

「気をつけてね。玄関まで送る」

そんな四人の葛藤《かっとう》など知ったこっちゃない白い割烹着が、食器を台所に片付けた大河のために立ち上がる。

「いいよ、一泊だ」

荷物を持って行こうとした大河が、やさしく笑った。

「……寂しいよ。一泊でも」

怒りに満ちている大地にそれが聞こえないとでも思っているのか小声で言って、秀がいそいそと大河について玄関に向かう。

「ねえ。俺軽く爆発しちゃってもいいかな?」

玄関でいちゃいちゃしているのだろう大河と秀に思いを馳《は》せながら真弓は、今こそ八つ当たるときだと思い家族に確認した。

「でっかく爆発してもええで」

「しろしろ」

「軽くならいいと思う。軽くね」

「くうん」

勇太と丈、そして明信とバースまでが小さく頷く。

浮かれた足取りで、大河を見送った秀は家族にしかわからない微笑みを湛《たた》えながら居間に戻ってきた。

「三か月に亘《わた》って家族をどんよりさせといて二人はラブラブのラブでいいね！」

「そんな……ラブラブのラブだなんて、そんなことないけどありがとう」

居間に入るなり飯台についている真弓に言われて、あろうことか秀が喜んで礼を言う。

「ちょっと！　褒《ほ》めてないよ八つ当たりだよ‼　俺今ちょっと鬱屈してるから人の幸せに八つ当たりしたの！」

「そう……潔い清々《すがすが》しい八つ当たり、お見事です」

言葉は通じたのか秀が、困ったように真弓を称《たた》える。

「でもこの鬱屈は長男夫婦の凄惨《せいさん》が拍車をかけたのかもよ⁉」

「長男夫婦の凄惨……が、拍車を……なんだか列車ミステリーみたいだね。秋田《あきた》新幹線殺人事件、こまち」

そういえば最近そんなミステリーを読んだと、よくわかったような顔で秀は頷いた。

「どうして日本語を操るお仕事なのにこんな簡単なイヤミが通じないの？　バリヤーなの⁉」

「イヤミ、なんだね……わかった、バリヤー張ります」

ん、と両手に力を込めて秀が身構える。

「言っとくけどすごい強いバリヤー張ってるからもともと‼」

恋人との幸福に酔いしれている秀がここまで話にならないとは新しい発見で、真弓は敢《あ》えなく挫折《ざせつ》した。

「軽く爆発してみましたが力及ばず、少しも打撃を与えることができませんでした」

ただの自爆に終わったことを、真弓が三人とバースに報告する。

「討ち死にだな、まゆたん」

「おまえは精一杯やった」

「バリヤーが強過ぎるよ」

「くうん」

労《ねぎら》いと拍手に、秀は楽しいことでもあったのかと微笑んでいた。

「浴衣出してください！　秀！」

幸せな秀は全く話にならないと虚しくなって、せめて雑に真弓は秀に浴衣を頼んだ。

二階に運ぶと汚れてしまうかもしれないからと、秀は玄関南の自分の部屋に真弓の浴衣を掛けてくれた。

丁度晴れているので窓を開けて、長い衣紋掛け《えもんか》に掛けて二枚の浴衣に風を通す。

カタカタと単調でゆっくりな音で秀が原稿を書くのを聞きながら、膝を抱えて真弓はただ浴衣を眺めていた。

昼近くなって秀が台所に立っても、真弓は二枚の浴衣を眺めたままでいた。

「……どっちもきれいだ」

一枚は、四年前この家に来たばかりの秀が縫ってくれた、白地に藍染《あいぞ》めの花が散った女物の浴衣だ。

隣に掛けたもう一枚は、空色で、高校二年生のときにやはり秀が縫ってくれた男物の浴衣だった。

真弓には空色に見えるが、このとき反物を買ってくれたのは大河で、一緒に選んだ秀がついさっき説明してくれた色はもう少し難しい名前だった。

しじら織りで、天色《あまいろ》というのだそうだ。上等なものなのはなんとなくわかった。着ていて気持ちがいい。大河がそういうものがいいと言って、呉服屋の老人と相談して決めたのは秀だ。

このとき大河がそうして色々特別に考えてくれたのは、これが自分には初めての男物の浴衣だったからだと、今になって気づいた。

「天の色かあ。すごくきれいだけど」

四人の弟を持った、男勝りと言っては男にも女にも悪いような長女志麻は、一人くらい妹が欲しかったと言って末っ子の真弓に女物を着せた。姉の望みには神も運命も逆らえないかのように、真弓は完璧《かんぺき》な女顔で生まれてきた。

長男で家長で父親代わりの大河は幼稚園まではそれもかわいいかわいいと言ってくれたが、小学校に上がるときから姉と闘って真弓に男物を着せようとした。

小学校の入学式が姉と兄の町内の商店街を巻き込んだ大戦争となり、真弓は青いランドセルで小学校に行った。

思い出せば随分愛らしい子ども用のジャケット、青いランドセル、自分の靴や持ち物が姉と兄の大戦争の結果一つ一つ選ばれていくのを真弓はただ見ていて、何も思わず受け入れた。

学校はズボンで通ったが、夏祭りの山車の女官は中二までやっていたし、折々に女物を着ることは多かった。

すっかり着る習慣が少なくなったのは、高一で勇太と恋人になったからだ。酒乱で暴力を振るう父親に自分を預けて、何より自分を棄てて男と出て行った母親を思うからと女を嫌う勇太が嫌がるので、自然と女物を着なくなった。女を思わせる気配も感じさせないように、もしかしたら今の真弓は気をつけているのかもしれない。

けれど真弓自身、それで特別不便も不自由も、ここまで感じてはいなかった。

「……きれいだから着たいって言ったけど、藍染めの花模様」

この間八角《やすみ》に会ったとき、八角は去年のことを覚えていて謝ってくれた。女物を着せたらかわいそうだろうと言ったことで、真弓を貶《おとし》めたと心配していてくれた。八角は本当に、誠実で真摯《しんし》でやさしい人だ。

一年前野球部の先輩に女物の浴衣を着ろと囃《はや》し立てられて、それは少しも構わなかったのだが信頼している八角からの「かわいそうだろう」という言葉に真弓は確かに大きく引っかかった。

物心ついたときにはもう、日常的に女物を着ていた。そのおかげさまで幼稚園では初恋の女の子御幸《みゆき》に女に間違われて相思相愛になり、小学校で男だとわかった途端に無惨に捨てられた。女物は全て志麻が選んで、それを着て育った自分を確かに「かわいそう」という言葉で否定されたように思って、それでその夜今日の前にある女物の浴衣を真弓は纏った。

「好きで着てた気がしてたけど、自分で選んだことなんか一回もないなあ」

今初めてそのことに気づいて、真弓はかなり驚いていた。

「女物嫌だったときもホントはあった……なんでだっけ。すごくやだったことあったのはなんか覚えてる。でもやなときもあったし、すごくきれいで嬉しいときもあったし」

性別は男なので、男が女物を着ていたらそれは普通ではないから揶揄われたりそうして御幸に無惨に捨てられたりと、よくない思い出も大きいことは大きい。

ただいじめられるようなことがあると大河が、すぐに飛んで来てくれた。志麻が女物を着せることに反対した大河だったが、真弓が他人に非難されることを少しも許さないで守ってくれる、頼りにするばかりの兄だった。

それに大河も、学校で不自由だろうと心配してくれたのであって、女物の浴衣もワンピースも似合うよと笑ってくれていた。

一人くらい妹が欲しかったのは、志麻だけではない。

「子どもの頃ってでも、みんなが嬉しいから嬉しいだけだったのかも」

自分が好きできれいだと思って着ていたのだからその気持ちをかわいそうだと言わないで欲しいと思ったけれど、いつ自分が女物を自分から選んだことがあっただろうと考えるともしかしたらただの一度もない。

「俺、本当にきれいで着たかったのかな？」

そしてすっかり着なくなったのは、恋人が嫌がるからだ。

勇太を好きになって、勇太と恋人同士になって、女物を着て外を歩いたのは正月に一度晴着を着たときだけだ。

そのときはやはり丈が久しぶりに着たらと言い、秀が見たいというから着たがほとんど悪りだったのも覚えている。

「いつも誰かが喜ぶからとか、そんな理由じゃん。俺。八角さんにかわいそうって言われて違うって思ったけど……自分がきれいだと思ったから着たって言いたかっただけかも。どうしようすごい迷いの森深い深い深過ぎる」

うっかり足を踏み入れたこの森は深いと、真弓は困り果てた。

そもそも夏祭りで山車を引かずに何年も過ぎたのも、達也に言われたように、何気なく人が言った軽口を聞いて引かなかったらそのまま時が経っただけだ。

そして今は丈が引いたらどうだと言うから引いてみようかと思ったら、恋人が恐らくはそれをとても嫌がっているから真弓は激しく躊躇《ためら》っている。

勇太が本気で嫌がることはしたくない。

「俺の主体性、どこ……」

ずっとこの二枚の浴衣を眺めて、もう五時間が過ぎた。

藍染めの花模様の浴衣と、天色のしじら織りの浴衣を真弓が眺め続けているのは、自分が今どちらが着たいのか全くわからないからだ。

自分自身はどちらが好きか、五時間見つめていても決められない。

「どないしたん」

ぼすぼすと間抜けな音で襖《ふすま》が叩かれて、ここに真弓がずっといるのを知っていた勇太が、秀の部屋に入ってきた。

隣に来た勇太の顔を見て、勇太が大好きだと思って、真弓はホッとした。

何故ホッとしたのだろうと、その気持ちにまた困惑する。

「うーん。どうしたんだろう……」

真弓には勇太は、初めての恋人だ。そして自分たちはまだ若いのかもしれないけれど、生まれてきて一番愛した人となることを少しも疑っていない。

かけがえのないという意味を、真弓は勇太と出会って知った。

四年の間に色んなことがあった。それを二人で乗り越えてきた。その分勇太を愛する気持ちは強くなるばかりで、真弓は決して勇太を失いたくない。

今勇太を失ったら、真弓は生きていけない。

「なんか俺って」

だから、勇太がどう思うのかがどうしても気になるのかもしれない。

「勇太から見て、しっかり自分持ってるみたいに見える？」

隣に腰を下ろした勇太に、真弓は尋ねた。

「お釣りが来るほど持っとるやろ。自己主張きっちりして、あかんことは絶対引かへんやん」

突然どうしたと、胡座《あぐら》をかいて勇太が肩を竦《すく》める。

「うん。そうなんだけど。自分でもそうだってずっと思ってたんだけど」

おまえは俺の日なたやと、勇太に言われたことを真弓は忘れることはなかった。

日なたを向いて、まっすぐ前を見て、躊躇わず健やかに明日に軽やかに行く。

そういう者が自分だし、そういう自分を勇太が愛してくれていると疑ってはいない。

「時々、なーんにもないんじゃないかって思うときがある」

「なんでや」

「すかすかなんじゃないんかなあって。中身なんにもないんじゃないかなって」

浴衣一つ選べないまま五時間が過ぎた自分に、真弓自身が疑いを持ち始めていた。

「怒るで」

「あはは、やさしいな勇太」

そんな者ではないと、勇太の声が強く教えてくれている。

「ほんまに怒るで」

疑心で自分が、よくない気持ちを抱いていることが真弓は嫌だった。

何も自分で選んで生きてこなかった。人の喜ぶことが嬉しくて、褒められたくて、それが自分の選ぶ理由だったのではないかと真弓は自分に失望している。

そんな己を、大好きな恋人に打ち明けられないのが嫌だ。

恋人が好きな自分は、そんな僻みっぽい湿った感情を持ってしまう自分ではないはずだと知っている。

言わせてくれない存在の恋人に、八つ当たりの感情が生まれて、真弓はまた自己嫌悪に陥った。

「勇太はどっちが好き？　俺の浴衣」

目の前に二枚並んでいる浴衣を見て、真弓が勇太に問う。

目を見なかったけれど、隣で勇太が酷く困ったのがわかった。

その困惑が深く沈黙が長いのに、恋人を疑った自分を真弓は酷く恥じて嫌悪した。

「ごめんね、勇太」

自分が決めたらそちらを真弓が着なくてはいけないと勇太は思って、だから尋ねられても答えずに困っている。

もしかしたらいつの間にか自分が最愛の人の言いなりになって支配されていたように思い込みかけた自分を、真弓は殴りたかった。

勇太はちゃんと、真弓をいつでもこうして尊重してくれている。

「なんで謝るん」

「俺、すごいバカなこと考えてた今。勇太にも言えないようなこと」

どんなことをと、訊《き》かれたらどうしようと言いながら真弓は思っていた。問われたら、こんな醜い気持ちを勇太に教えなくてはならない。

嘘は吐けない。

「俺もあんで」

「何が？」

「おまえにゆわれへんようなこと」

「え？　ウソマジで⁉　ちょっとナニソレ今すぐ言ってよ‼」

自分の森からすっと出て大声を出した真弓に、勇太は目を丸くした。

「おまえ……なんかめっちゃ深刻に悩んどったんちゃうんかい！」

突然切り替えるなと、勇太が悲鳴を上げる。

「そうだった……うん。でも、勇太がなんか俺に言えないことで悩んでるとかやだ」

「俺かておんなしやけど」

でも、けど、の先に、たとえ恋人でも言葉にできないことはあると、お互いが知って声が途絶えた。

これ以上は今、二人とも訊けない。

「天色っていうんだって、この空色。浅黄色って誰かに言われて覚えてたら違った」

しじら織りの浴衣を指して、真弓は勇太に教えた。

「へえ。どっちもめんどくさい名前やな。水色やんけ」

「俺もそう思うー。入学式に寺門《てらかど》テーラーさんで仕立ててもらったスーツは、青藍《せいらん》っていうんだよっておじさんに言われた。おじさんと大河兄で選んでくれたみたい」

「ああ、ちょっと変わった青やったな。おまえに似合うとんで、あのスーツ」

成人式にも着る予定でいるスーツのことを、勇太がきれいだと言ってくれる。

「大河兄が選んでくれるのいつも青だなあ。今初めて気がついた」

「おまえに似合うからやろ」

　浴衣を眺めてから、勇太が真弓を見た。

「勇太は、自分が着るなら何色が好き？」

「黒」

　尋ねると勇太からは、即答が返る。

「そういえば勇太の服って、全部黒か白だね」

　そんな風に勇太には好きな色がはっきりわかっていることに、真弓は驚いて、また森に帰ってしまった。

「灰色もあんで。グレー。秀と暮らし始めた頃は、あいつがあれこれ選んで。俺がそれいややゆうて」

「どんなのが嫌だったの？」

　初めて聞く話はただ興味深く、真弓が問いを重ねる。

「水色と白の……なんやったかな。銀河……」

「ギンガムチェック？」

「ああ、そういうんのシャツとか。なんやイギリス小僧みたいなジャケットとか」

「なんで秀、それ勇太に着せようと思ったの……？」

たとえ十歳だろうと小学生だろうと、勇太がそんな服を好まないのも全く似合わないのも真弓にも容易に想像がついた。

「本買うて、それ見てあいつ。なんやろな、子ども服の本みたいなん積んであったわ。そこに載っとんのそのまま買うたんやろ」

説明されるといかにも以前の秀らしい話で、真弓はなんとも言えない気持ちになった。

「……子どもの服。子どものメシ。子どもに読ませる本。ぎょうさん、あいつ読んどった」

勇太と出会って、秀は勇太と親子になった。もう十年も前だ。

秀は勇太ならと思ったのだろうし、勇太を愛して勇太を選んだのだろうけれど、親子としての在り方は、そうして服だけでなくたくさんの手引き書を読んだのだろうと想像がついた。

「なんだか」

隣で勇太が、その頃のことを思い出しているのが真弓にも伝わる。

「悲しいし、愛《いと》おしいね。そういう秀」

「せやな……けどもう、おらん。その秀」

十年が経って、勇太と過ごし、この家に来て家族とともに在って、秀にはもう家族になるための手引き書はきっと要らない。

「いっぺんくらい、着たったらよかったな」

「絶対無理だよ！　水色のギンガムチェック！　アイビー‼　勇太！　ムリ！」

今はいない必死だった秀を切なく思って呟いた勇太に、ムリムリと真弓は声を上げた。

「せやな……うっかり着て写真でも残っとったら俺、死んだかもしれん」

用意された服をはっきり思い出したのか、勇太も感傷に流されるのを思い留まる。

「そないにはっきりしとんのに、おまえは何が悩みやねん」

「……言った方がいい？」

そもそもはということを、真弓は訊いた方がいいのか迷った。

こうして悩んでいる姿を見せて勇太の気持ちを煩《わずら》わせるくらいならと思うが、そこにまた自分がいないと何度でも気づく。

「当たり前やろ」

それに訊いても、勇太はそのことはきっと決して言ってくれない。言わないと決めているのは最初にわかった。

何故真弓が山車を引くのが嫌なのかを、勇太は絶対に言わない。

「俺は今、自分はどうしたかったのかなって悩み中。なんとこの浴衣どっちが着たいのかも決められない。五時間も見てるのに」

とりあえず目の前にある悩み事を、真弓は勇太に打ち明けた。

「どっちもきれいや。どっちもおまえに似合う。俺の銀河のチェックとかイギリス小僧とはワケがちゃうで。おまえにはどっちも似合う」

「でも女物と男物だよ」

「着たい方着たらええ」

出た魔法の呪文だと、真弓がため息を吐く。

「……嫌だって、言ってたじゃん。勇太。俺が女物着るの」

また八つ当たりだとさすがに自分に嫌気が差したが、そこは楔《くさび》になっていることなのでむしろはっきりと言葉にした。

告げられたことに、勇太は真弓を見て何か複雑な顔をしている。

「なんか」

纏《まと》めている金髪を掻いて、勇太はすまなさそうに真弓の目を見た。

「それ、取り消すわ。取り消せるもんとちゃうやろけど、取り消す」

「どういうこと？」

不意に思いも寄らないことを言われて、真弓は目を丸くした。

「ホンマにすまんかった。俺が女があかんからって……それおまえのせいとちゃうのにな」

母親への負の感情を真弓に押しつけたと、勇太が小さく首を振る。

「出た！」

取り消されたことがあまりにも大きい自分に驚いて、真弓は達也の言い分を思い出した。

「は？」

「ユーアーベーリージャイアン‼」

「なんで英語でジャイアンやねん！」

「ノットムービー‼　達ちゃんの言う通りだー、もー、男はみんなジャイアンだよー」

いちいち真に受けて、真弓は全部丁寧に覚えている。

けれどそれは傷ついたからではなく、思いやってのことだったのにどういうつもりだと、真弓は自分がジャイアンになってバットを握りたくなった。

「おまえガッコのセンセの悪影響受けとんで！　謝っとるんやから日本語で聞けや‼」

「ジャイアンの言い分を……？」

ふて腐れそうになったけれど勇太が真顔だと気づいて、仕方なく真弓が膝を抱え直す。

「おまえ、こういうん着て育ったのにほんまに悪かったって去年思てん。おまえ着たとき。俺にいややゆわれたら、着られへんでしんどかったんとちゃうんか」

「そんなこと……」

「おまえはおまえや。何着とってもおまえやし、俺はおまえが好きや。女もん着とっても。前ゆうたやろ」

勇太が愛情しかない言葉を自分にくれていることは、真弓にもよくわかった。

「おまえやったら女でも、恋人にするて」

思い出せと、勇太が真弓の頬に指先で触れる。

「おまえが着たいもん着いや」

「うわー‼」

愛と誠意の塊爆弾だと、真弓は限界を迎えた。

「どないしたん……」

「富士《ふじ》の樹海に突入！　遭難しちゃう‼」

きゃーもーやめてー許してー、と言わないのが精一杯だ。

「なんなんやそれ！　おまえさっきからなんなんや‼」

当然勇太は、全くわけがわからない。

「男でも女でも……俺は俺ってそれってどれ……」

富士の樹海はヤバイと頭を抱えた真弓の手首を、勇太が取った。

顔を覗き込んで目の前にいることを教えてくれて、唇にそっと、触れるだけのキスをくれる。

「おまえはおまえやろ」

額を合わせて、勇太は思いきり止《とど》めを刺してくれた。

「ごめん、勇太のキスじゃ全然無理」

「おおいっどうゆうこっちゃ！」

「だってー」

勇太は絶叫したが、悪いが真弓はこの件は余裕なしだ。

「なんか考える前にぎゅうってなっちゃうじゃん。俺、勇太にキスされると」

「それがなんか悪いんか」

「キスされてぎゅうってなっちゃうの、俺勇太だけだよ」

どれだけ自分に勇太のキスが力があるか、それが勇太だけだと、真弓が告げる。

「……当たり前やろ」

困ったように小さく笑って、勇太は照れて見せた。

「だからこの場合勇太のキスにはなんの意味もないの」

「おまえほんまになんなんや！」

「うーん、そこだよね……」

悲鳴上げるのわかるわかると頷いて、しかし真弓は樹海を出られない。

「勇太のこと幸せにしたいじゃん、俺」

「そらどうも」

「もしかしたら俺、自分より勇太が大好きかも」

「おお……お、おう」

それはかなりな告白なのではないかと、恋人の立場でも勇太は狼狽《うろた》えた。

何を言われているのか、勇太はわかっていないと真弓が苦笑する。

でもわかってくれなくていい。それは知られたくなかった。

「俺、自分より先に勇太に出会っちゃったんだね」

まず自分を知って自分を好きだと思って自分を大切にして、そういう自分が恋人をちゃんと大切にできるのではないかと思うと、富士の樹海は果てしなく広くて暗い。

「何をゆうとんのや」

「自分が行方不明で樹海を出られない」

「それって重要なん？」

なんでそんなに浴衣が選べないことで迷うと、勇太はため息を吐いた。

「始まりはすごく重要だったよ。今も重要」

何故勇太が自分が山車を引くのが嫌なのか。

そのことは真弓には、最悪浴衣は何色でもよくても絶対に動かない大切なことだ。

わからないと、勇太はそっと真弓の手を繋《つな》いでくれた。

「だから、勇太が俺の手摑んだらダメなんだってば」

「なんでやねん」

「勇太が一番大切だからだよ。俺にとって」

出られない樹海で遭難したくても、勇太に手を引かれたら真弓は戻ってしまう。

「むつかしいこと考えんなや」

まだ遭難していたいのだと、真弓は思った。どうしても答えを見つけないといけない。

今何度も恋人に問われた。

自分はなんなのか問われたけれど、わからないままだ。

なんなのかわかって、指の先の大切な人を愛して守りたい。恋人を愛する者は、そういう者であって欲しい。

「なあ、どないしたん」

心配して勇太が訊いてくれるのに、真弓は困って浴衣を見つめた。

「自分って、バックパック担いでインドとかアフリカとか行かないと見つかんないのかな？」

「インドやアフリカにおまえがおるんかいな」

「よく探しに行くじゃん。人は、インドやアフリカに自分を」

「ゆわれたらせやな……なんでインドやアフリカにおるんやろなあ」

確かにテレビを観ていてもそういう話はよく出てくると、自分探しツアーへの困惑を勇太が深める。

「そういう不安なんか。自分がわからへんみたいな」

「まあ、そうなんだけどね。大学でもなんかやってたなあ。講義でやってるんだから、結構みんな探してるもんなんだね」

人はみなと話を広げると、そうか人類創世記からの悩みなのかとあきらめてもいい気がした。

手を繋いだままの勇太を、真弓が見つめる。

こっちを見て目を覗いてくれた恋人が、大好きで大切だ。

この大切な人の恋人は自分なのだから、やはりあきらめて投げ出すことはできない。

「ジェンダー論とか、しかも中途半端に寝ながら聞くんじゃなかった……」

手がかりくらいは大学にもあったはずだと、不勉強を心から真弓は悔やんだ。

「お昼食べる人何人？」

襖の向こうから、秀にしては大きな声が聞こえる。

「お素麺《そうめん》にするよ」

「わーい。お素麺だって！」

支度をしている秀が昼は素麺だというのに、真弓は無邪気に喜んだ。

「……せやった。おまえはどんなときでも腹が減るやつや」

指を解いて、勇太が笑う。

「子どもみたいに言ってー」

真弓が口を尖らせると、違うと勇太は首を振った。

「安心するんや。おまえの腹が減ると」

低く掠《かす》れた声を聞いて、やはり自分よりも恋人が大事で大好きだと、真弓は笑ってため息を吐いた。

真夏の男五人での素麺は、何度秀が湯を沸かして茹《ゆ》でても終わりのない永遠である。

「……なんで僕は素麺にしようと思ったんだろう」

昼にここまで人数が揃《そろ》ったのはこの夏初めてで、けれど記憶を年単位で遡《さかのぼ》れば六人で素麺にした日には六把一袋をエンドレスで開けては茹で続けたことが秀には思い出された。

「おなかいっぱいになったー！」

ネギ、大葉、ミョウガ、梅干し、生姜、海苔《のり》、と秀が刻みまくった薬味もきれいになくなり、自分が茹でられたようになった秀が、真弓の満足にただ頷く。

「オレもう少しいける……」

「いかないで……」

まだ食べられると氷だけが残った素麺の消えたガラス皿を見ている丈に、いつでも家族においしくたくさん食べて欲しいと願っている秀はとうとう力尽きて言った。

「もうみんなで三十六把食べてるんだよ……」

「それってどんくらいなんや？」

把数で言われても、もちろん勇太などにはピンとくるわけもない。

「六袋かな。秀さん、本当にお疲れさまです……ごちそうさまでした」

刻んだり運んだり手伝ったもののカにはなれなかったと明信は、箸《はし》を置いて秀に深々と頭を下げた。

「お中元で、たくさん、いただいたから、ね。とてもよいお素麺だから、きっと」

自分では一把程度食べて燃え尽きた秀は、息も絶え絶えで何を言っているのか誰にもよくわからない。

「ごちそうさん！　サンキュ‼　ところで浴衣なんか出して、どうすることにしたんだまゆたん。祭り。結局山車引くのやめたのか？」

まだいけるが相当食べた上に秀がヘトヘトだと理解した丈は軽快に礼を言って、ずっと浴衣を見ていた真弓に尋ねた。

「うーん。でももう、来月っていうかすぐだしお祭り。全然練習もしてないから」

山車を引くのかと言われると、引いたこともないのに既に半月後だと、真弓が最後の一口をつるんと飲み込む。

「山車引くのに練習なんていらねえよ。前日少し試して、みんなと同じに引くだけだ」

もし引きたいのならそんな難しいことではないと、丈は肩を竦めた。

「……引くだけかあ。そんな簡単なことなのにね」

そんな簡単なことなのに、子ども山車を少し引いた記憶があるだけで、何年もこの季節は町会の外から真弓は山車を見てきた。

何より、隣にいる勇太が今どんな表情をしているのか、真弓は見ることができない。山車を引くかと問われると、本当に気になるのはそのことだけだ。

「気が進まなかったら、見てたら？　浴衣もせっかく風通ししたんだし。真弓の浴衣姿見るのはいつも楽しみだよ」

そう言えばこの話が始まったときから明信はずっとこの姿勢だということに、ふと真弓が気づく。

山車を引いてみたらと、明信は一度も言わない。

「どうして？」

一貫しているのだから何か理由があるのかもしれないと、真弓は兄に訊いた。

「似合ってて、きれいだから」

山車を引かない理由ではなく、浴衣を着て欲しい理由の方を明信が返す。

聞いてはみたが、よく考えなくても山車を引かない理由を誰かが持っているわけがないと真弓は思い直した。

隣にいる大切な恋人以外は。

「ありがと」

だが浴衣のことも、真弓には今大きな悩みだ。

浴衣を着ればそうしていつでも、家族は皆一頻り真弓を褒めてくれた。褒められるということはこんなにも嬉しいことなのだと、真弓が覚えるより前からずっと。

「俺も、明ちゃんが楽しみって言ってくれて嬉しいって思ってくれると、すごく嬉しいんだ。それって」

もう素麵もないと、真弓が小さな息とともに箸を置く。

「果たして真弓自身の悦《よろこ》びなのだろうか」

「ど……どうしたんだよまゆたん……」

突然堅苦しい言葉で己の悦びの迷いを問うた真弓に、明信ではなく丈が驚いて目を剝いた。

「深みにハマッちゃって」

さっき浴衣の前で手を繫いでくれた勇太は、困ったように恋人を見ている。

「くうん……」

縁側で出汁を取った後の昆布をおやつに貰ったバースが、心配そうに声を上げた。

「そういうときは言った方がいいよ、全部」

浴衣姿が見たいと言ったはずの明信が、不意に、真面目な顔でまっすぐ真弓を見る。

「本当？　みんな大丈夫？　俺がそれ全部言っちゃって」

それって兄たちにとっては開けてはならない地獄の釜の蓋なのではないかと、戸惑って真弓は明信を見返した。

「大丈夫。どんなことでも聞くよ」

「明ちゃんって」

　あまり明信からは聞かないしっかりした強い声が届けられて、けれどこういうことは今まで何度もあったと真弓が思い出す。

「こういうときいっつもなんか、どんってしてるよね。意外なんだけど、いつもよし来いってしてくれる。進路の話のときとか。なんか真弓のわかんない気持ちも、考えてくれたりそれで当たってたりする。……なんで？」

　今まで当たり前に兄から受けていた恩恵だったが、一番やさしくてだから少し頼りなくも思える明信が、実はこういうときに最も狼狽えないことに初めて真弓は気づいた。

「何故と言われると、それは僕が真弓のお兄ちゃんだからだよ」

　やさしく笑った明信はいつも通りに見えたけれど、明信には自分のためにいつも何かしらの準備があることを、真弓がようやく思い知る。

「もしかして明ちゃん、ずっと真弓のこと心配だった？　こういうとこ」

「どういうとこだ……？」

　細い声で尋ねた真弓よりも丈が、不安で堪《たま》らないような珍しい声を聞かせた。

「……心配して、ごめん。僕は」

　図星だし嘘は吐けないと謝った明信に、いったいなんの話だと丈は一人で動転していた。

　他者から自分への気持ちはわからないが、全体を見る力のある秀はただ見守っている。

勇太もまた、恋人とその兄を見つめていた。

「子どもの頃から普通が気になるのは、僕のよくないところ」

「そんなことないよ……この家に普通気にする人一人もいなくなったらどうなっちゃうの」

「茶化す気ぃはないけどそれはほんまにそうやで」

「くうん」

しみじみと頷いた勇太に、バースもしっかりと頷く。

「それは、そうかもしれないけど。でもやっぱり、ごめんっても思うよ。こんなだから僕は、真弓はやっぱり普通の男の子と同じ服を着ないで育ったことにいつか悩むんじゃないかって。時々心配はしてきた。今もしてる」

いつもそのときのために準備をしていてくれたのだろう明信は、不安を煽《あお》らないように淀《よど》みなく気持ちを教えてくれた。

「うん。なんかそのこと、初めてちゃんと悩んでる」

まっすぐにはっきり言ってもらえたおかげで、真弓も俯かずに打ち明けられる。

元は隣の恋人の表情への強い気がかりだった。そうして自分が樹海で行方不明になったのは、恋人と向き合う中で起こったことだ。

自分自身より好きな人がいて、自分よりその人を尊重したい。

けれど思い返せばずっとそうして生きて来たのではないかと思うと、真弓は自分のやりたいことなど地球にただの一つもないのではないかと不安になった。

「女物着たかったのが俺なのかなんなのかこんがらがった」

「……全然、でもねえけどわかんねえけど。それって、オレたちのせいか？　もしかして」

丈も全力と野性で兄と弟の会話を読み解いて、まさかもしやそれはと、直球で心配を露わにする。

「違う。子どもの頃俺、嬉しかったし楽しかったし幸せだった。こんがらがってるだけ。ごめん」

「謝るなよ。どうやったらほどけんだ、それ」

こんがらがってるのは大変だと、丈は心配そうに身を乗り出した。

「ほどけなくてもいいんじゃないかな」

静観していた秀がふと、穏やかな声を落とす。

「結び目ごと真弓ちゃんなんじゃない？」

「そういう考え方もアリかな……いいえ違います！」

やわらかな心地いい秀の言葉に流され掛けて真弓は、そこは自力で思い切り強く舵《かじ》を切り直した。

「ど、どうして？」

そんな勢いで断定されるとは思っていなかった秀が、驚いて秀なりに目を見開く。

「秀はね！　今大河兄ともラブラブで仕事も絶好調で秀にしてはかなり安定して落ちついてハッピーだからそんな怪しい占い師の人生相談みたいな言葉が出て来ちゃうだけ‼　むしろ大河兄と喧嘩中の秀に訊きたい。俺ほどけなくて大丈夫？　って！」

「ど正論繰り出すなやおまえ……こんがらがりながらも」

一息に秀にはぐうの音も出ないことを言った真弓に、さすがに勇太が父に多少は同情した。

「でも、必ずほどける必要はないとは、僕も思うことは思うけど」

確かに怪しい占い師の人生相談のように聞こえるが秀の言い分にも一理はあると、明信が調子を変えずに添える。

「ただ、今はそのことが真弓にとってとても大切だから考えてるんだろうから、結び目について考えることは大事だよ」

「そのことって？」

「真弓自身が、何をどうしたいか一つ一つゆっくり考えてみたら。自分がどっちの浴衣が着たいのか、それともどっちの浴衣も着たくないのか。夏祭りで山車が引きたいのか、それとも引きたくないのか」

なんの話だったっけ？　と尋ねた真弓本人に、明信は淡々と教えた。

「すごい。明ちゃん素麺をゆっくり食べながらも主題を見失わない……なんで？」

一人だけ目の前の素麺を食べ終えていない明信に、秀が怪しい占い師みたいだと思ったところで主題が吹っ飛んでいた悩める当人が目を丸くする。

ここまで全て落ちついて対応してくれた明信が、初めて困ったように押し黙った。

「ほんまやな。なんでや」

「オレなんかもうなんの話なんだか」

「僕は決して怪しい占い師ではありません……」

真弓と一緒に話が逸《そ》れていた人々が、何故明信だけがそんなにちゃんとしているのかと、またもや本道を逸れる。

「その問いかけの答えは、きっと聞くと残念なだけだと思うけど」

眼鏡を掛け直して、明信は素麺をきちんと食べ終えた。

「しかも答えがあるんだ？　聞きたい、それ」

「オレも聞きたい」

真弓と丈が、そこは兄に教わりたいところだと行儀よく正座する。

「僕も知りたい。僕も身につけたい、話の本質や主題を見失わない力。教えて、明ちゃん」

「無理やろおまえには……せやけどやり方があるんやったら一応秀にも教えたってや」

締め切り中、大河との喧嘩中などの秀の激しいコースアウトを見続けてきた勇太は、いやしかしあきらめてはならないと明信に頼んだ。

「あの、みんなの期待が重くて僕は既に倒れそうなんだけど」

最早答えないわけにはいかなくなった明信は、本当に倒れそうに青ざめている。

「大学で議論するのが、日常だからだよ。これは僕には仕事みたいなものだから。慣れてるし、方法論もあるし、本質や主題を見失ったら学問の追求は停滞するので見失えません」

丁寧に説明した明信に、期待が高まり過ぎていた居間の人々は畳に倒れた。

「……みんながそんな風にがっかりすることは予想してたよ……」

「謝りたいけど言葉にならない」

畳に倒れながら真弓が、「ガクモンノツイキュウノテイタイッテナニ」と片言になる。

浴衣の話はそこで、一旦お流れになった。

とりあえず今日はこのくらいだろうと明信が終わらせてくれたのが、真弓の行方をひたすら気にしていた勇太にだけわかる。

「……どないしたんや、ほんま」

畳に転がったままバースのところまで行った真弓を見つめて、確かに樹海に迷っている恋人を勇太はただ案じた。

いよいよ夏祭りが近づいた八月最初の日曜日、山車《だし》倉での囃子隊《はやし》の稽古《けいこ》にも熱が入り始めた。

我が町会の祭り囃子には、みんな心が高揚する。

「真弓《まゆみ》が……ジェンダーに……？」

そのお囃子を聴きながら倉の隅に座り込んで勇太《ゆうた》が悩ましく打ち明けた言葉に、隣町から結局毎週末帰ってきている達也《たつや》は困惑を深めた。

「ナニソレ？」

ジェンダーという言葉の意味がまずわからないと、達也が首を振る。

「て、明信《あきのぶ》がゆうとった」

それは大量の素麺《そうめん》を食べ終えたあと、そこで懸命に笛を合わせている明信から勇太が聞き出した言葉だ。

大袈裟《おおげさ》に言うとそういうことだけれど、迷いやすい育ち方をさせたのは自分たちだからと、明信は真弓を案じていた。

「女物の浴衣と男物の出して、めっちゃ悩み出してん」

軽薄に勇太は、この話を達也に聞かせているのではない。

「着たやんか、去年。女物、久しぶりに」

一番長い時間真弓をよく知っている、家族ではない者に聞いて考えて欲しかった。

「ああ、家で着てたな」

去年の夏真弓が家で女物の浴衣を着た日、家から真鯛《まだい》を持たされた達也はたまたまその場に居合わせた。

「あんときあいつ、俺がどう思うとか関係ないいて。自分が好きで自分が着たいから着とるんやて、ゆうとったやないか」

野球部の打ち上げで八角《やすみ》の「かわいそう」という言葉があったことなど聞いていない家族は、何故あのとき真弓がそもそも女物の浴衣を着ると騒いだのか理由はまるで知らないままだった。

「ああ、言ってたな」

「おまえはああしかゆえへんのかいな」

「俺に当たらず先に行けよ。続けろ」

続けたくない勇太に気づいて、達也が肩を竦《すく》める。

「真弓は富士《ふじ》の樹海に入りよった」

「俺困ったなー、今めちゃくちゃ困ってるなー」

飛躍して結論だけ言った勇太に、達也はとりあえず自分の心情を伝えてみた。

「真逆のこと言い出しよってん。誰かが悦ぶのが嬉《うれ》しいだけで、自分で浴衣一枚選ばれへんて。どないしたん突然」

去年と逆やろと、勇太が不安と不満の両方を口にする。

「なんかこないだも変だったな。あいつ」

完全理解はできないにしても、樹海が少し見えてなるほど真弓はそこに入っていると、達也も納得した。

「そうなん？」

「俺が昔、おまえが山車引いたら士気が下がるって真弓に言ったたっつって。そのこと訊《き》かれたよ。いやかどうか」

「……へえ」

それは自分に見せた樹海とは違う樹海なのではないかと、勇太は釈然としない。

「引きたいんやろか。山車」

「さあ。引きたかったら引けって言っといたけど。なんつうかよ。あいつも、おまえも俺もさ」

いつでも誠意のある達也が、少し面倒くさそうな声を出した。

「去年と今年とか、ガキの頃と今とか、言ってることなんか違うの当たり前だろ？　去年のあいつはそう思って、別に嘘《うそ》なんか吐《つ》いてなかったんだと思うよ」

「珍しいな、おまえがそんなん断言するん」

「だって俺、幼稚園のときダンプになりてえって思ってたもん」

なんでもないことのように教えられて、煙草《たばこ》を嚙《か》もうとしていた勇太が噎《む》せる。

「な……なんでダンプや」

せめてどんなんでもいいから人間になれと、勇太はそのまま咳《せ》き込んだ。

「オヤジに市場連れてかれて、ザザーっつってすげえなつええな地球一最強だな俺もつええダンプになりてえなって。本気で思ってたけど、今は全然思わねえよ。そんなもんだぞ人は」

冗談でもなく達也が過去を語るのに、意外にもわかりやすい喩《たと》え話だったと、ようやく勇太が呑み込む。

「けどゆわれたらそうやな……ダンプから人間になりたいて思うくらいやもんな。俺かて昔は地回りのヤー公になっていつか組の幹部になるんやっとしか考えてへんかったけど、今は仏具屋の職人や」

いやそうだろうかと勇太は、早くも主旨を見失った。

「夢は組の幹部か……お互い何よりだな、ダンプでもなくヤクザでもなく」

「ほんまやなあ」

ダンプにもならずヤクザにもならず、達也は自動車修理工場に就職して、自分は仏具屋に勤めて職人になって。

達也の言う通り人は変わるし、子どもの頃を思うと信じられない場所に自分がいると勇太は実感した。

「そして真弓は、夏祭りは女官で七五三は振り袖《そで》で幼稚園はワンピースだったのに、今は軟式野球部の黒ジャージ着てんだぞ」

「それもなんや、ほんまにえらいこっちゃな」

たった二十年でそれだけ着るものが変わるということは、言葉で聞くと大事だとも思える。

「だろ？　去年と今年で言ってってこと全然違うってのはまた極端だから。なんかしらデカイきっかけがあったんだろけど。それ訊いてやればいいんじゃねえの？」

「着たい方着たらええちゅうたけど、決められへんて悩んだまんまや。それに」

そのとき自分は嘘を吐いたと、言おうとして勇太の口元が迷った。

「俺は見たないけど、あいつが着たいっちゅうならしゃあないけど……けど」

「珍しいな。けどが多いぞ」

「何着とってもええけど、着て欲しいかゆわれたら、ほんまはむつかしいわ。あいつならどっちでもええってゆうたけど、男でも女でも」

「それは虚勢であったと」

「女みたいな形状に対するこう、あかんのは生理的なもんや。反射みたいなもんなんや。けど俺がいややゆうたら、あいつ着たくても着られへんやろ。よう考えたらそないしてガキの頃から着とったもんやのに」

だからこれ以上悩む真弓になんと言ったらいいのかと自分も悩み出して、勇太は達也にこの話を聞かせているというところに、ダンプとヤクザから戻ることができた。

「……イマイチ話が見えねえんだけど。真弓が女物の服で大学行くとかそういうことか？」

そんなに察しが悪い訳でもないが、問題点が見えずに達也が尋ねる。

達也自身は子どもの頃から真弓が女物を着ているところを見倒していて、町内では何を着てくれても構わないが、幼なじみとして最も心配しているのは竜頭町《りゅうずちょう》の外の真弓の社会生活に弊害が起きないかどうかだけだ。

「……いや？」

女物の服で大学へと言われて、勇太がまた問題点を見失う。

そうだ明信の教えを思い出せと自分に言い聞かせてみたものの、よく考えたら明信は自分が主題を見失わない理由を教えてくれただけで方法は何一つ与えてくれなかった。

もっとも大学での仕事だと言っていたので、与えられたところで実行できる予感はしない。

「そうやなくて」

けれど勇太は、普段は比較的主題を見失わない方だ。何故なら見失うどころか最初から見つけることも困難な秀《しゅう》という人を十歳で父に持ち、ちょっと目を離せばすぐ道から脱線する父の手を引いて歩く人生だったからだ。

それに、それより前はもっと、余計なことなど一つも思う余裕のない日々だった。生きるだけで精一杯で、よそ見をしたら命に関わる毎日だった。

「だとしたら俺も反対だぞ。せっかく普通の大学生活送れてんのにそんな」

ぼんやりと過去を思った勇太に、それは止めろと達也が告げる。

「ちゃう」

反対だと言われて、町内の人が皆、真弓が野球部の黒いジャージで駅まで行き帰りする姿を心からの安堵《あんど》とともに見てくれていることを勇太が思い出す。

そんな心配は、決して掛けてはならない。

「最初は、今年こそ山車引きたいちゅうとったんや。いや、丈《じょう》がゆうた。引いたらどうやって。そんで」

明信には方法を与えられなかったし大きな問題なので、勇太は全力で自力で主題に遡《さかのぼ》った。

「山車を引くか浴衣を着るか、浴衣を着るとしたら男物女物どっちの浴衣を着るか……」

そういうことだと勇太はようやく自分でも話が整理できたが、何故真弓が樹海に入ったのかはさっぱりわからない。

「毎年言ってんなそれ。祭り、見てるだけなのつまんねえって」

「もし引きたいてなったら、引かしたってや」

「当たり前だろ！」

そんなことは自分が決めることでも断ることでも断るわけもないと、珍しく達也の声が大きくなった。

「せやな、いや。あいつなんかおかしなっとるから」

「はーいここで真弓の幼なじみからの忠告タイムです」

こんがらがっている真弓がわからずつきあいよくこんがらがった勇太に、気の抜けた声で達也が手を上げる。

「はいなんですかー」

軽い声だったので、達也がよい気休めをくれるものだと勇太は油断した。

「あいつはそういうとこ女みてーにこまけえぞ」

身近な女に聞かれたら拳《こぶし》で殴られるのは承知しているので、お囃子の音が高まるのに紛れて達也が勇太に教える。

「どの辺の話や……」

油断していた勇太は、細かいと聞かされて俄《にわか》に不安が高まった。

「んー。俺ら脳みそだいたい一つだろ」

「せやな。まあだいたい一つや」

達也の言いたいことは、勇太にもとてもよくわかる。

男は単細胞と相場が決まっているものだ。

「だーがあいつにはなんと記憶貯蔵庫があるぞ。何気ない一言みたいなのを、そこに長期保存してる。いつでも取り出し可能」

「……それは、そうやないかとは、思っとった……」

恋人と最もつきあいの長い幼なじみに淡々と解説されて、それは自分でも知っていたつもりだったが目を逸《そ》らしていたことで衝撃を受ける。

「全部じゃねえだろうけど、引っかかったことみたいなのは忘れねえんだろうな。生涯だ！　厄介だぞ」

「厄介やな……」

頷《うなず》き合ったジャイアンたちは、とりあえず心のバットを置いた。

「けどホント、色々だなあいつの気持ちも。……女官の最後の年に、もうやりたくねえっつってさ」

ダンプになりたかったものの自動車修理工になった達也だが、真弓の色々はやはりダンプと一緒にはできず、中二の夏祭りを思い出す。

「なんでや。最後やのに」

「中学の女子見に来るから、女官姿見られんのやだって」

「へえ……」

昔のことだし子どもの頃の話くらいの気持ちでうっかり話してしまった達也に、それは初めて聞いたと勇太の声のトーンが変わった。

「中学生だぞ？　かわいいけど性格の大変よろしくない……見た目重視の中学生同士の苦い思い出だよ」

好きな女の子がいたのかと勇太が気に掛けたことがわかって、達也が慌てて言い添える。

「好きやったん、その子。真弓は」

「見た目がかわいいって理由でお互い惹《ひ》かれあい、ほとんど口もきかずに女官の真弓の姿が無理だと向こうが言って敢《あ》えなく、初恋でもなんでもねえよ。……でも俺が勝手におまえに喋《しゃべ》っていいってことはねえな。悪ぃ」

最早二人にはどうでもいい話だと思い込んだが外野の自分が決めることではなかったと、達也は勇太に謝った。

「女官の真弓の姿が無理か……俺とそいつ変わらへんやんけ」

「ちょっと！　俺のうっかりさんな一言でそんな迷いに入らないでください‼　たいしたことじゃねえって！　勘弁してくれよー」

立てた右膝《ひざ》に頭を埋めて、揉《も》め事の原因にだけはなりたくないと達也が項垂《うなだ》れる。

「認めたらなあかんのやろか」

達也にそんな思いをさせるのは勇太も不本意で、淡い思い出からは無理矢理気持ちを切り替えて何度でも元の話に戻る努力をした。

「女物の浴衣で山車引くのを？」

「なんの話や」

「あたしにはなにがなんだかさっぱりわからないわよ……」

顔を見合わせ結局すっかり主題を見失って、勇太と達也でただ困惑に顔を顰《しか》める。

「笛吹いとる場合とちゃうで明信……」

　囃子隊と必死に音を合わせている明信に勇太は助けを求めたかったが、その向こう側では龍《りゅう》が恋人と何があったのかと聞きたくなるほど切ないまなざしで明信を見つめていて、いよいよわけがわからなくなった。

「すまんけど人の恋路にまで関わっとる場合ちゃう」

　助けを求めようとしたくせに、そっちはそっちでやってくれと勇太が主題ごと投げ出す。

　なんの解決もなく話が終わるのを待っていたわけではないだろうが、野球部の黒いジャージに白いTシャツの真弓が、山車倉に顔を出した。

　お囃子を聴くこともなく倉の中でまっすぐに自分を見つけて、真弓が不安そうに笑ったのが勇太にもわかる。

「部活、終わったん」

　歩み寄って来た真弓に笑いかけた勇太の目も、自然、不安を帯びた。

「うん。午前中の練習試合だったから、打ち上げも早く解散」

　お囃子は止まらないので、少し大きな声を出して真弓が勇太の隣に腰を下ろす。

「こんな時間に打ち上げできる店あるんや」

「あんまりないからいつも苦労する。達ちゃん毎週帰って来てんね。お祭り前って感じ」

　幹事も自分なので大変だと、真弓は肩を竦めた。

「おまえは祭り……」

どうすることに決めたのかと尋ね掛けて、勇太の言葉が止まる。

真弓はまだ決められていないし、勇太は言わないと決めている思いがあった。

その思いは今達也に打ち明けたこととも全く違う。誰にも勇太は、胸にあるその気持ちを話すつもりはない。絶対に。

「あのさ」

黙り込んだ勇太と真弓に、達也が勇太の隣から声を投げた。

「なに?」

勇太越しに達也の顔を覗《のぞ》き込んで、真弓が笑って尋ねる。

「拗《こじ》れるなよ」

「え?」

「は?」

拗れるなと突然言った達也に、それが突然過ぎて真弓も勇太も間抜けな声を出した。

「いや、なんかこう」

とぼけているのではなく本当に何を言われたのかわかろうとしない二人に、一瞬達也が挫《くじ》けそうになる。

だがしかしここで挫けると後が大変だと、達也は背筋を伸ばして幼なじみと友人を見た。

「あのね君たち……僕は独り者のたまに彼女ができても全然長続きしない恋愛経験のほとんどないに等しい新成人で……」

「なんでそないな町中が知っとるおまえの悲しい全てを語られなあかんねん」

「全てじゃないわよ！」

　突然の身の上話かと目を丸くした勇太に、達也が悲鳴を上げる。

「これからいいことあるよ達ちゃん！」

「……そうだろうか……まあいい。そんな悲しい俺はだな」

　真弓に励まされて、いやそんなことはこの際どうでもいいよくないけれど今はどうでもいいと、達也はめげずに続けた。

「人の恋愛の縺《もつ》れにはかなり敏感です」

「なんで？」

「なんでや」

　これで理解して欲しいという達也の願いも虚しく、友達甲斐《がい》のない人々がキョトンとして見せる。

「さてどうしてでしょうね⁉　なんとわからないの⁉　びっくりするわあんたたち‼」

　この四年のことを全て一から語り明かさないとわからないのか一晩がかりではすまないぞと、さすがに達也は目を吊《つ》り上げた。

「いや……すまん、そうやな」

「たくさん……巻き込み事故してごめん達ちゃん……」

数々の痴話喧嘩《ちわげんか》、痴話喧嘩などと言えないような心を削る二人の間のことのそばにいつも達也がいてくれたことは、最早勇太と真弓には感謝も謝罪も出て来ない。

今はしかしただ恩知らずにも忘れていただけだった。

「そうよ！　その上あたしはあんたたちの保護者の割烹着《かっぽうぎ》先生の面倒もみてんのよ時々‼　言っとくけど宇宙人を団地に置いた方がマシよ‼」

達也なりに激怒しているので、せめて言葉をやわらかくした結果お姉さんになってしまう。

「わかるで……」

「わかるよ」

「わかられたくない！」

割烹着宇宙人の世話を何故なのか地球でただ一人任される他人の苦労を「わかる」の一言などで片付けられたくないというのは、達也でなくても叫びたくなる当たり前の人情だ。

「その、経験もほぼないのにやたら敏感な俺が言う。拗れる前に話し合え」

ほぼと付けたのは、達也の精一杯の見栄であった。

「おまえら拗れると、でかいだろ？」

過去の出来事から、そんなことはないとは勇太も真弓もとても言えない。

「傷つくし、疲れるだろ。二人とも。な？」

傷ついたり疲れたりもうするなと、達也は二人に言い聞かせた。

「なんで」

ありがとうで終わらせるには、真弓にも勇太にも、達也の友情は大き過ぎる。

「モテないんだろうね……達ちゃん」

「そっとしといて！」

だから代わりに真弓がため息を吐いて勇太が深く頷くのに、達也はお囃子に負けない声を上げた。

「あいつ、ほんまにええやっちゃな」

囃子隊の稽古が片付けに入って、勇太も真弓も山車倉を出て往来を歩いていた。

「うん」

二人の思い出が多過ぎる神社を離れて、当てもなく夏の夕方の町を連れ立つ。

「でも今回は考え過ぎや。拗れるようなことなんもない、俺らには」

改めて言い置く勇太に、やはり絶対に打ち明けない気持ちがあるのだと、真弓は知るばかりだった。

勇太は、真弓が山車を引くのが嫌だ。

きっと本当にとても嫌なのだと、真弓にはわかる。そしてその気持ちも理由も、決して話すつもりがないことも、よくわかった。

そんなに嫌ならどうしても真弓は理由を知りたい。今は想像もつかない。

けれど、勇太がそんなに言いたくないことを、暴き立てることもしたくない。

「おまえは……」

ため息を吐いて黙り込んだ真弓に、勇太は真弓が女物や男物のことでずっと悩んだままなのだと思い込んだ。

「あれやで、あれやったらそうしたらええ」

「ねえ。エスパーじゃないんだから拗れるよちょっと」

こちらが指示代名詞を使っても察することがないくせに、自分は使いまくるとはどういうことだと真弓が声を尖《とが》らせる。

「せやから」

何も言えなかった自覚はある勇太の口からも、夕方の埃《ほこり》の匂《にお》うアスファルトにため息が落ちた。

「女物の浴衣着たかったら着たらええってゆうと、また樹海なんやろ？　なんちゅうたったらええねん」

何処に向かって拗れているのか本当のところはわかってやれず、勇太も困り果てる。

「本当は……」

浴衣のことが大事なのではないけれど、自分が知りたいのは勇太が何を思うかだと、真弓はやはり言えなかった。

何故そんなことが言えないのだろうと、暮れていく夏の日を見つめながら不思議な気持ちになる。

たくさん喧嘩をして、たくさんの出来事があって。

今まで何でも言葉にして話し合ってきた。それは決して簡単なことではなかったけれど、言葉にしてわかりあってきた。四年も。

それが真弓には勇太への愛情だったし、勇太もそうだと今も疑っていない。

なのに山車を引いて欲しくないというそんな他愛もないことが勇太は言えなくて、真弓もそれは迂闊《うかつ》に尋ねてはいけないことだとはわかる。

勇太は本当に訊いて欲しくない。隠し通すつもりなのだ。

「なんでだよー」

口を尖らせて、真弓は手を伸ばして勇太の両頬《ほお》を思い切り指で引っ張った。

「いでで、なにすんねん！」

「俺、勇太が全て過ぎる」

そんなにも勇太が言えないけれどして欲しくないことを、自分がしたくないことは、最早当たり前だとは思えた。

目の前の人は真弓には間違いなく、誰よりも大切な人だ。

「……あかんの、それ」

「もう！」

ふて腐れて全て過ぎると言ったせいで勇太が少し弱った声を聞かせたのに、真弓は頰を膨《ふく》らませた。

「そんな声出さないでよ」

まだ明るいし人目は気になるけれど、堪《こら》えられず真弓が勇太の指先を捕まえる。

「ぎゅうってなる。勇太」

悲しい声や切ない声を聞いたら、胸がこんなにも苦しくなるのは、真弓には勇太だけだ。

「大好き」

小さな声で、胸にある思いを何度でも打ち明ける。

「あー、なんか不安」

指の先で勇太が安堵するのに自分の胸も解けて、真弓はまた口を尖らせた。

「おまえは不安がいっぱいやな」

「だって、まだ俺たち全然若いじゃん」

ええ加減にせえと呆《あき》れた肩先の勇太を、真弓が見上げる。

「まあ、そらそうやけど」

「人生なんか始まったばっかりみたいなもんじゃないの？　なのに自分以外の人がこんなに全部に思えるくらい大好きなんて、なんか不安になるよ」

勇太が全てで全てが勇太で、だけど人生はきっとまだまだ続くのにと、真弓はこの先が思いやられた。

「……せやな。自分が」

掴《つたな》く真弓が言ったことが、同じ思いとして勇太にも伝わる。

「自分の外にあんのとおんなしやな」

「勇太も？」

理解してため息を吐いた勇太に、驚いて真弓が問う。

「当たり前や。あほ」

何を今更と勇太が呆れたのに、嬉しくなる自分を真弓は仕方なく、けれど愛《いと》おしくも思った。

誰かをちゃんと、愛せている。それは簡単なことではなく、続けることもきっと難しいけれど、愛せている。

「ねえねえ」

ぎゅっと勇太の指を握って、夜の街の方をいたずらっぽく真弓は見た。

「不安高めちゃお」

ご休憩しちゃお、という意味を察して、俄に勇太もテンションが上がる。

「おう」

張り切って足取りが速くなる勇太に、合わせて真弓の足も急いだ。

聞いてはいけない気持ち、答えの出ないこと、不安なままのこと。

これから二人にはもっと増えていくのかもしれないと、お互いが言えないまま胸にしまう。

その中を歩いて行かなければならないのかもしれないと思うと、自分より大切な人が自分の外側にいることはとても不安で、だから抱き合ってもっと近づくのだと、二人は初めて知った気がした。


もう夏祭りは半月後なので、休みとあらば町会の人間は山車倉に集まり、囃子隊の稽古もいよいよ本気になっていく。

「今日は唐揚げ……なんだけど。明ちゃんのは竜田揚げっていうんだってって、真弓が言ってた。そういえば」

長く帯刀《おびなた》家の台所を任されていた明信は手際がよく、龍の部屋での夕飯の支度を終えて飯台に並べた。

「唐揚げとなんか違うのか。これ」

さっきまで山車倉でお囃子の稽古合わせをしていた明信を、青年団で当日の打ち合わせをしながら眺めていた龍は、こういう場面では本当に無能でテレビを点《つ》けたままただビールを呑《の》んでいる。

「僕は中学のときにお隣の豆腐屋さんに教わって、鶏肉をお酒と醤油《しょうゆ》と生姜《しょうが》なんかで漬けておくんだけど。普通の唐揚げは塩味なのかな？　秀《しゅう》さんが作ってたのが唐揚げなんだって。僕も違うと思ってなかったから、真弓に教えられたんだよ」

弟が張り切ってそれを教えてくれたことを思い出して、箸《はし》を置くと明信は笑った。

「へえ……言われたら唐揚げってもっと色が薄いかもな。いただきます」

「いただきます」

二人して手を合わせて、キャベツの上の唐揚げ、味噌汁《みそしる》、浅漬けに箸を伸ばす。

「竜田揚げか。俺はこっちが好きだな、おまえが作る方が好きだ」

味が染みているし肉がやわらかいと、龍は思ったまま告げた。

「ならよかった」

安心したように、明信も唐揚げを頰張る。

ビールを呑むのは龍だけで、明信は夜でも白飯を食べた。

酒を呑むときは白飯を食べない習慣の龍には、夕飯にも普通にそうして白飯を食べる明信を見るのは新鮮だ。

家族でもないし他人だとも思わないが、自分とは違うと折々に知って、そういう者が傍《かたわ》らにいることが不思議に嬉しくもある。

「あんなにきっちり合わせるんだな。囃子隊」

夕方までの山車倉での稽古のことを、龍は言った。

「今まで気づかなかったの？」

明信にしては珍しく、少し揶揄《からか》うように笑う。拗《す》ねた口調ではなかった。

太鼓、笛、鉦《かね》と、全員寄ると大掛かりになる囃子隊の稽古は、改めて見ると皆真剣だった。

祭りの最中山車を引いている者たちはほとんど気にしていないが、そういえば年寄り衆は音が揃《そろ》っていない濁っていると、そんな苦言を吐くことがある。

「……まだその境地にはいけねえな」

山車を引いているときは、すっかり落ちついた今の龍でさえ激しく高揚して、音が揃っているとか揃っていないとかそんなことに気づけるはずもない。

「そんな深刻な言い方、しないでよ。お囃子はないと寂しいけど聞いてもらうものじゃないって思ってるから、だから僕でもなんとか頑張れるんだよ」

「まあ、でもだいたいそんな感じだな。うちのとこの祭りでは」

明信の言い方は囃子隊を卑下したのではなく、真剣に鑑賞される音楽ならとても自分には奏でられないし、賑《にぎ》やかしよりはもう少し必要とされるものだという的確な言いようだった。

「年に一度、もう十年以上か」

「もしかするとそろそろ二十年かな。すごいね、そう思うと」

「二十年も一つのことやってんだったら、それはもうおまえの自慢にしていいことだろ」

技量とまでいうと明信が首を振ると思って、龍なりに言葉を選ぶ。

「そうか……そうだね。一つのこと二十年続けてきたって思うと、すごいね」

自分で自分のことを「すごい」などという言葉で表すことは明信にはないことで、そう思えたことも言えたことも、恥じ入りながら嬉しそうに、龍には見えた。

何が欲しいか教えてくれない明信だが、こういう嘘は吐かないと龍もわかっているつもりだった。

無理をして人の言葉を受け入れて幸いそうにしたら、相手が傷つく。難しく考えるのは龍は得意ではないが、明信は相手を傷つける嘘を吐かないはずだとは、なんの疑いもなく信じられる。

「今度お囃子じゃない曲、吹いてみたらどうだ」

「そこまではとても」

無理だよと言った明信は、二十年近く奏で続けているお囃子を囃子隊と合わせているとき、楽しそうにも龍には見えた。

この間明信に言われるまで気づかなかったが、囃子隊は恐らく何処の町内でも、何かしらの楽器経験者が担当している。学校の吹奏楽部に所属している者だったり、ピアノを習っている者だったり。

もしかするとまるきりの楽器素人は明信だけかもしれないが、調子や音合わせを統《す》べるリーダーの指示をよく聞いて、みんなで必死に奏でながら段々音が合って行くのに、明信はホッとしたように笑っていた。高揚しても見えた。

ここで笛の稽古を始めた明信が酷《ひど》く憂鬱《ゆううつ》を纏《まと》って見えたのは、気のせいだったのかもしれない。自分だけ楽器経験がないから、早めに練習するし、真面目だからこそナーバスになるのかもしれない。

「おまえが笛出したときはまだまだだと思ったのに、あっという間だな。祭り」

「本当だね」

龍が祭りの話を振っても、いつも通りに明信は笑った。

「おまえはホントに、生真面目だな」

夏祭りのお囃子をできるかどうかと毎年あんなに憂鬱を纏って練習を始めるのかと、龍が苦笑する。

「何が？」

生真面目が早過ぎる笛の稽古と結びつかなかったのか、尋ねるように明信は首を傾《かし》げた。

「いや」

五月に明信が笛を吹き始めてから気に掛かってかなり不安にも思っていた龍は、自分の思い過ごしに呆れる。

「先生のが唐揚げってことは、おまえんちでは唐揚げは塩味になったのか」

こんなに美味《おい》しいのに帯刀《おびなた》家では味付けが変わったのかと、二つ目の唐揚げを咀嚼《そしゃく》し終えて何気なく龍は呟《つぶや》いた。

「……それが」

ほとんど独り言の龍の言葉を拾って、明信の表情が曇る。

「なんだよ」

「一昨年くらいからかな。秀さん、唐揚げの味付け変えたんだ。醤油味に」

「ああ、こっちのがメシも進むしな」

まだ若い男ばかりの暮らしなら皆それが嬉しいだろうと龍は単純に納得したが、明信は申し訳なさそうな顔をしていた。

「先生に悪いと思ってんのか？　あのなあ、唐揚げが塩か醤油かなんてことで傷つくような人じゃねえと思うぞ俺は」

秀を揺るがすものは調味料ではなく宇宙の神秘、もしくは大河《たいが》であろうと、たまに迷惑を被っている龍にも断言できる。

「……そうかな？」

「おまえはそういうことが、気になんのか」

「細かいね、僕。唐揚げを元の味に戻すことになって、秀さん悲しかったんじゃないかと心配してた」

そういう気遣いややさしさを明信が持っていることは、龍でなくても知っていた。

「だったら先生はもっと、おまえにそういうこと思ってんじゃねえのか？　悪いって」

唐揚げ一つじゃないだろうと龍が教えると、はっとして明信が箸を止める。

「そうだね……僕、自分のことばっかり」

秀を思いやる自分の痛みを、自分のことばかりと言った明信にまでは、龍は慰めを用意できなかった。

何故あの家で揉みくちゃになって育った明信にこんな細やかな人への思いやりと傷む心が備わっているのか、恐怖政治家志麻《しま》と同級生の龍にはいつでも疑問でしかない。

人には生まれつきの性質というものがまずあると、龍は明信を見ていると何度でも知る気がした。生まれつきのその繊細なやさしさで、主張の激しい兄弟と育ったことは、明信の他者への尊重をきっと逆に大きくしている。

「あ、俺今ものすげえことに気づいたぞ」

　どうして明信がそんなに人に譲ってしまうのか理由がわかった気がしても、解いてやることは難しい龍には、譲られたときに気づいてやるのが精一杯だ。

「なに？」

　そしてそれは譲らなくていいと言葉にできたら、龍にはそれでなんとか上等だった。

「言いたくねえ……」

　ぼんやりと明信を思いながら、やわらかいようでいて誰よりも固い明信を少しでも楽にすることを考えていた龍は、多少貢献した人物に思い至ってしまった。

「先生が、四年前おまえんち来なかったら」

　思い至ってしまっても、言葉にはしたくない。

「おまえ、今ここにいねえな」

　残念ながらいないだろうし、もしかしたら永遠に龍と明信の人生が交わることはなかっただろうとも、想像できた。

「あ……」

　そもそも何故呑めない酒に酔って深夜にこの花屋の前をふらふら歩いていたのか、発端になった兄や家族への思いを明信も思い出す。

「……そうか。本当にそうだね……」

最初から秀を歓迎していた明信だったが、それにしても秀が訪れなかったらこの龍との時間は絶対になかったと改めて思うと、それはもう受け止められるような感情ではなかった。

「俺は宇宙からあの人が降って来てくれてよかったぞ！」

あまりの衝撃に固まった明信に、余計なことに気づいてしまったと龍が大きな声ではっきり主張する。

「本当に？」

「ばか」

固まったまま不安そうに訊いてしまった明信は、困ったように笑った龍に、確かに馬鹿なことを尋ねたと自分でも気づけた。

「でも本当にそうだよ。秀さんが現れなかったら、僕は今もうちの台所にいて。みんなのごはん作って、それで自分に満足して」

大学で打ち込んでいる学問の他は、人より引け目を感じるばかりで誰かの役に立っていたいという思いが、子どもの頃から明信にはずっとあった。

「一生家から出なかったかもしれない」

このままこうしていては、自分だけでなく家族にもいつか負債のような気持ちを負わせてしまうと、悩みながらもどうすることもできずにいたところに秀が現れた。

「……恐ろしいな。一生って言われると」

「あり得るよ」

しがみついて離れられなかった場所に秀がすっと立ってくれたので、やっと、明信は誰かのためではない自分を鏡で見ることができたのだ。

「出てよかったか?」

「よかった」

迷いのない思いを、明信が静かに言葉にする。

「僕自身のためにも、みんなのためにも。家から出たこともだけど」

もし秀が勇太とともにこの町にやって来なかったら、龍とこうして向かい合うことは永遠になかっただろうと思うと、明信はその時間の希有《けう》な大切さが怖くなった。

けれどそんなにも龍とこうしていることが自分にとって手放し難いとは、明信は言わない。

「でもね、龍ちゃん」

そういう思いが龍を縛ることを恐れる気持ちが、まだ明信の中には残っていた。

「ん?」

だから代わりに、もし秀が現れずこうならなくても、龍に助けられたことを教えようと言葉を探す。

「僕は、お父さんとお母さんがいなくなっちゃった十歳のときに……龍ちゃんがゼッケンを付けてくれたこと」

「丈《じょう》のな」

二人ともが大切に覚えている日のことを、同じに思い出して龍は笑った。

「茶化さないでよ」

丈のゼッケンをつけてやれずに十歳の夏の終わりに膝を抱えて泣いていた明信は、誰にも言えないけれど助けて欲しいただの子どもだった。

「それはすごく……上手く言えない。大事な思い出とか、そういうことじゃなくて。あのときの龍ちゃんが、僕にはずっと龍ちゃんで」

胸に辛《つら》さが溢《あふ》れてしまって一人で泣いた明信を、助けてくれた「誰か」は目の前の龍だ。

「今もだよ」

「そのときの俺が、おまえの恋人の俺と同じじってことか？」

明信にしては随分拙い物言いだったが、まなざしが思いを語るのを理解して、龍が尋ねる。

「うん」

頼りに思う気持ちと伝えきれない愛情とで頷いた明信の頬を、龍は大きな右手で抱いた。

その手は幼い頃、自分にはできないことをしてくれた手と同じだと目を伏せた明信の唇に、龍がそっと唇を重ねる。

「あの頃、俺はホントにろくでなしだったけど」

食卓での口づけに驚いて瞬《まばた》きをした明信の額に、龍は額を合わせた。

「変わんなきゃなんねえって、気づいた日だった。あの日は俺にも」

大切な日だったよと、低い声が囁《ささや》く。

まだ夕飯の途中だと笑って離れて、お互いに箸を取り直した。

「ただ」

漬け物を取ってふと、龍の声が調子を変える。

「あのときおまえが十歳で俺が十七歳だったことを思うと、俺はまるで自分がロリコン野郎になった気分にもなるぞ」

「おもしろいこと考えるね……龍ちゃん」

その発想は自分にはないと、明信は笑った。

「俺は考えるさ、それは。だっておまえが生まれたときのこと覚えてんだぞ。そこはなんか、志麻は関係なく罪悪感だ。俺には」

「龍ちゃんこそ、生真面目」

さすがに生まれたときの記憶はないし、子どもの頃七つ年上の龍はその日までただ怖いお兄さんだったので、明信の方には同じ感覚はない。

「でも……それって、僕のせいもあるかもしれない」

けれど時々龍が「おまえが生まれたときのことも覚えているのに」とその罪悪感を口にするのは、いい大人のはずの今の自分のせいなのかもしれないと、ふと思い当たった。

「なんで」

「時々、すごく龍ちゃんを頼りに思っちゃってるから。僕が」

「待て」

少し恥ずかしそうに打ち明けた明信に一瞬いい気になり掛けて、いや待てと龍がそのまま声にする。

「ファザコンみてえなやつかそれ」

「え、いやだ？」

いやなのかと問い返してしまった明信には、尋ねられたまま父親ほどに龍を頼りに思う瞬間が実のところあった。

頼らないように律してはいるが、七つ年上で幼い頃から家族を知っていてくれる龍に、そうして慕う気持ちが割りと強くあると自分でも改めて気づく。

「おまえは言われることはねえかもしれないが、男が一番萎《な》える台詞《せりふ》を教えてやろうか……」

「あんまり聞きたくないかも」

「お父さんみたい、だ」

変な箱を開けてしまったと逃げようとした明信に、真顔で龍は教えた。

「そんなつもりは……」

「嘘だよ」

困り果てた明信に、ビールを取って龍が笑う。

「どれが？」

不安に駆られて、明信は恐る恐る尋ねた。

「萎えるってのは、嘘だ。おまえが俺を頼るのも、俺といて安心するのも俺はただ嬉しいよ」

一緒に居るようになった最初の頃よりもずっと龍は、こうして思うことをできる限り言葉で明信に伝えている。

「男が上がる」

冗談めかしながら、余裕を見せて龍は笑った。

けれど、ほとんど父親のように頼りに思うときがあるのを思いがけず打ち明けてしまったことを、明信は後悔して収まらない。

俯《うつむ》いた明信の髪に手を伸ばして、龍は頭をくしゃくしゃと撫《な》でた。

「信じろよ。ちゃんと」

「……はい」

落ち込んだ気持ちを気に掛けてくれた龍をまた頼もしく思ってしまって、明信は微笑《ほほえ》んで頷くしかない。

夕飯を食べて、他愛のない話をして、テレビは点けっぱなしのままゆっくりと時間が過ぎた。

食事のときにテレビを消すというルールは、ここにはない。龍の一人暮らしはかなり長いもので、その一人での生活の中で観ていなくても食事中にテレビが点いているのが当たり前になっている。

帯刀家では家族が揃って夕飯というときには大河が消すことを望んだりもしたが、食事を取る時間もバラバラなので誰かが食べていても誰かがテレビを観ているということは普通で、結局点きっぱなしになっているので明信も気にはしなかった。

「もうこんな時間か」

日曜日の夜九時にいつもやっている、邦画や洋画の地上波が始まって、それを流す習慣のある龍が呟く。

映画館に行くことはないが、テレビ用に短く編集されたわかりやすい映画は龍には丁度よかった。だいたいこういうものはほとんどが流しているだけで、よほど引き込まれない限りちゃんと観てはいないし、物語に引き込まれることは龍にはあまりない。

「……おつまみになるもの残して、片付けるね」

「ああ、サンキュ」

洗い物をすると、明信は空になった器を重ねて台所に運んだ。

「でもお漬け物だけだと塩分が……」

恐らくは世間の貞淑な妻でもそこまで細やかではないだろうことを、台所から明信が呟くのに龍が苦笑する。

こうして明信が泊まる日だけではなく台所をしてくれるようになって、ずっと弁当屋の弁当とビールで済ませていた龍は最初の頃、みっともなくあたふたした。

自分の食事のことを何もかも明信にさせていいものなのかどうか、片付けを手伝おうとして「いいよ。もうビールもこれでお終いだし」

「いいよ」と笑われてを繰り返して、結果こういうことになってしまった。

勝手な推測だが、台所は明信は一人で采配《さいはい》する方が楽に見える。今現在帯刀家の台所を預かっている秀が、自分に寄せて唐揚げの味付けを変えたというだけであんなに気にするのだから、台所は明信にとっては領土なのだと龍は解釈して触らないことに決めた。

その分違う部分で、より自分が動くことにしている。バイトを頼んでいる一階の花屋でも、気持ちの上でも。

それを明信がいつの間にか頼りに思ってくれていることは意外だったが、龍には自分でも呆れるほどただ嬉しかった。

「……さっさと戻って来い」

そんなことに浮かれる単純な男としては、もうテレビも飯台も片付けて及びたいことがある。

だが、洗い物を終えて、戻るかと思った明信はなかなか居間に入って来なかった。

どうしたのかと龍が台所を見ると、米びつや冷蔵庫を見て、何かしようとしているというよりは、することを探してうろうろしている。

「……？」

さっきの会話は、明信も幸いそうに見えた。それを見間違わないと思えるほどには、龍も明信と重ねてきた時間を信頼している。

洗った器を、明信は丁寧に拭《ふ》き直し始めた。

「ああ、これか」

戻らない理由に、ようやく龍が気づく。

たいしたことではない。流れている映画だ。

ちゃんと観ていなかったので気づかなかったが、今日の放送は少し古いアメリカの有名なアクション映画だった。人気があるのか、テレビでは昔から何度も掛かっている。アクション映画と気楽に言うには、かなり暴力的な映画だ。

「日曜のこの時間、ニュースやってなかったな。確か」

独りごちて、いつものように龍はとりあえずその映画を消した。

映画にもドラマにも龍には執着はなく、こうして暴力性の高い映像が流れるとすぐ替えたり消したりするのは当たり前の習慣だ。

「……あ」

それが習慣になったのは、明信がこうして出入りするようになってからのことだった。自然な動作になっていて理由の方はもう意識しなくなっていたが、明信は絵空事の映像でも暴力を全く好まない。

受け付けない。それが嫌悪なのか恐怖なのかまでは龍もわからないし、そのことについて話したこともない。

「日曜日はニュースの時間違うんだよね」

スポーツニュースでリモコンを放した龍に笑いかけながら、明信は茶を用意して戻ってきた。

「今日はどんな本持ってきたんだ？」

「たまに訊くね。龍ちゃんそれ」

尋ねた龍に不思議そうにして、鞄《かばん》から明信が文庫本を取り出す。

「また物騒なタイトルだな……」

「そんなことないよ！　ものすごくおもしろいし大切なことがたくさん書いてあるんだよ‼」

背には「ペスト」と龍も知っている疫病の名前ががっちりタイトルとして入ってる小説を、むきになって明信は擁護《ようご》した。

「おまえはホントに、好きだな。本が」

「……うん」

むきになり過ぎたことが笑われて恥ずかしいのか、明信が俯く。

龍がテレビでニュースや野球を観たり、あまり興味のない映画やドラマを流しているときに、明信は本を読んでいることが多かった。

ここに来るようになった最初の一年ほどは、気遣ってか一緒にテレビを観ていたが、そうしているうちに明信が暴力的な映像を正視できないことに龍は気づいた。

何か明信自身にそういう過去があったなら、同じ町内で生まれたときから見ているので龍が知らないでいることの方が難しい。だからそういう性格なのだと、龍は思っていた。かわいい弟の真弓が変質者に切りつけられたとき、明信はどれだけ苦しんだろうかと今になって思う。

「文字だとでも、平気なのか」

「何が？」

「いや」

暴力性の強い映像に辛そうにして明信は、「少し本を読んでもいい？」と龍に断って本の中に逃げ込むようになった。

それはきっと明信がずっとそうして自分を守ってきた方法で、特別なことではない。

明信には。だが龍には今、大きな問題だった。

「時々訊くと、おまえが読んでる小説結構こええ。なんでだ。好きなのか？」

「怖い小説？　うーん。好きな時代とかジャンルとか、そのせいかな。SFはハードSFの方が僕は読み応《ごた》えがあるし、翻訳小説は中世ヨーロッパから近世が好きだから。残酷な逸話も出てくることは多い。革命や相続争いや、領地争いが絡んでくるから。ヨーロッパはずっと戦争してるからね」

きちんと説明されると、龍には明信が何を言っているのか半分以上わからない。

わからないがちゃんと明信が言葉を尽くしてくれたので、文字で情報を得ることと、映像で暴力を娯楽として消費することは全く違うのだと龍はなんとか気づくことができた。

「おまえが大学で勉強してることと近いんだな」

「うん。でも逆かも。今してることは、子どもの頃から読んできた本と繋《つな》がってる」

「大事なんだな」

「そうだね。すごく大事だし、楽しいよ」

本を読むことは明信にとっては勉強と同じなのだろうという程度の理解だが、きっと残酷を楽しむということは恋人にはあり得ないのだと龍が知る。

「おまえ、囃子隊に立候補したとき幾つだった」

その恋人が、竜頭町の夏祭りを好きなわけがない。

「？　どうしたの？　急に。小学生になるときだよ。高学年に上がったらみんな大人と同じ山車を引いてたから」

それが祭りへの思いを吐露していると気づかず、けれど明信は今龍が懸念したことをはっきり言葉にした。

どれだけあの祭りが辛いかを打ち明けてしまったことを、明信はわかっていない。

「じゃあ、六歳くらいか」

子どもの頃は挨拶《あいさつ》をする程度だった幼なじみだが、龍は明信が囃子隊に立候補したときのことを、実のところよく覚えていた。

——はい。ぼく、おはやしします。

町会で囃子隊が足りなくなりそうだと地区会長が「誰か」と言ったときに、手を上げた明信の声は緊張で震えていた。

当時、興味がないなりに同級生の強烈な女志麻の弟を龍も多少は認識していて、その認識していた明信と「手を挙げて何かを主張する明信」が全く一致しなかったのだ。

「そうだね。懐かしいな」

その頃龍が見ていた明信は、おとなしく微笑んで、志麻、大河、弟の丈の言い分を全て聞いて、ただ頷いていた。大層な優等生らしいが自己主張は一切しない、そういう子どもだった。

「笛も年季が入るわけだな」

「そうかな。少しも上手にならないよ」

「……音楽に興味がねえからな、それは」

今も明信は、基本は変わっていない。

そんな明信が、手を挙げて囃子隊に立候補する姿は、意外だし顔も酷く緊張していて、少年だった龍の心に残った。恐らくは明信はそうして何か立候補するようなことは、後にも先にもなかったのではないだろうか。

音楽は、奏でないだけでなく聞くこともあまりない。お囃子がしたかったのではないのだ、明信は。

怒号が飛びぶつかりあい時には殴り合いにもなる、山車をどうしても引きたくなかった。

「夏祭り」

「うん」

呟いた龍に、いつもと何も変わらない顔で明信が「何?」と訊く。

「もうすぐだな」

「本当に、目の前」

夏祭りを楽しみにしている町の人間の前で祭りの話をする明信は、決して憂鬱そうには見えなかった。

「楽しみだね」

皆が楽しみにしている年に一度の夏祭りに、決して水を差さない。明信は一生この町に住んだとしても、誰にもその憂鬱などという言葉ではきっと済まない辛さを、絶対に打ち明けないだろう。

「ああ」

全く違う人間なのは、龍も知っていたつもりでいた。

「楽しみだ」

しかしそれは、自分の想像の範囲を超えているのかもしれないと、今日初めて龍はそのことに気づいた。

「まさか日曜日の夜に誰も帰ってこないなんて……」

帰らない帰らない帰らないと連絡が続いて、こういうことも珍しいと、大河と二人きりの飯台で相変わらずの白い割烹着姿で秀が呟く。

「誰もって。俺がいるだろうが」

瓶《びん》ビールをグラスに注いで気持ちよく呑みながら、大河は秀が揚げた唐揚げを口に入れた。

縁側ではバースが、尻尾《しっぽ》を揺らしながら眠っている。

食事中テレビを消せという日もあるのに、今日はナイターを流して満足そうに寛《くつろ》いでいる大河を、不意にじっと秀が見つめた。

「なんだよ」

見つめられていることにはすぐ気がついて、言いたいことでもあるのかと大河が問う。

「この間、真弓ちゃんに八つ当たりというものをされてね」

「どうした。真弓、またなんかあったのか」

八つ当たりをしたということは真弓に何かよくないことがあったのかと、大河は真顔になった。

「鬱屈してるって言ってたけど、でも多分そんなに深刻には……多分。でも心配だったら」

「いや」

過保護さがすぐ顔を出す自分にため息を吐いて、秀が気軽に語り出したことにようやく大河が気づく。

「見っててもそんな感じじゃねえし、鬱屈くらいするよな。あのくらいの年頃なら」

「そうだね」

ここに家族が一人でもいれば、「鬱屈をするのに年齢など一切関係ないことを二人が証明したはずだ！」と叫んだだろうが、残念ながらバースが精一杯寝ながら尻尾を揺らすだけだった。

「それで？」

真弓に八つ当たりをされて、それで今自分を見ていた理由はなんだと、大河が話を戻す。

「ええと、怪しい占い師みたいだって」

真弓の鬱屈に心配の気持ちがいって、秀は早くも大きくコースアウトした。

「ああ」

「ああ……？」

言われたらそうだなと頷いた大河に、のったりと秀がどういうことだと抗議の声を聞かせる。

「い、いや、そうじゃなくて」

そうじゃなくての続きが何も思いつかない正直が取り柄の男は、ごまかすために二杯目のビールを呑んだ。

「あ、僕が幸せそうだからって八つ当たりしたって言ってくれて。それで」

怪しい占い師とはそもそもいったいどんな者なのだろうかと謎《なぞ》めきながら、どうして大河を見ていたのかを思い出して秀が微笑む。

「そうか」

拙い言い様だけれど、秀の言いたいことは大河に伝わった。

「……幸せか？」

「訊くの？」

「俺はずっとそのことばっかり気になってたからなあ。十年以上も」

確認をするのは習い性だと、大河が苦笑する。

「十年以上……そうだね。高校一年生だった、初めて君と出会ったとき。八つ当たりのあと真弓ちゃんに、不思議な質問をされたよ」

「どんな」

「どうして二人は恋に落ちることができたの？　って」

どうして時々不用意に秀の話を聞いてしまうのか、大河はビールに噎せる羽目になった。

「大丈夫? 慌てなくても誰もいないんだから……」

尋ねる方も尋ねる方だが、それをそのまま報告する自分もどうかしているとまでは秀は思い至れない。

「別に不思議な質問じゃねえだろ」

慌てて噎せたわけではないと説明する力はなく、大河は喉《のど》を押さえた。

「でも訊かれたら不思議だなあって、思った。質問じゃなくて……」

「……どうして恋に落ちることができたのかがか?」

ぼんやりと、遥《はる》か干支《えと》一回り彼方遠くを見つめた秀のまなざしの先を知って、大河が尋ねる。

「そうだね。だって、僕はあの頃」

まだ十六、七だった自分たちの出会いに、触れることには二人ともあまり慣れてはいなかった。

「他人どころか世界だって見えていたのか怪しいよ。思い出って言えないくらい、色んなことがぼんやりしてる。おじいさまのことさえ、なんだか」

今はいない、唯一の肉親として覚えている人を、秀は探している。

出会った頃のことを語らわないできたのは、禁忌だと思っているからではなかった。

気まずさはある。

今とはまるで違う関係性の中で、それを壊すまい放すまいと必死でいる秀に、大河は焦《じ》れて、結局は一度突き放した。

「あんまり、思い出せないか？」

だが触れずにいるのは単に、そういう時間が今まで二人にはなかったからだ。余裕がなかった。

高校を卒業して、それきり離れた。

互いを思いながら大学時代は声を聞くこともなく、卒業間際に仕事を口実にして大河が無理矢理縁を戻した。

高校卒業以来顔を合わせたのは、やっと、四年前の夏だ。

同じ大河という人間、同じ秀という人間だけれど、向き合うことで日々関係性は変化して、今日には昨日のことを、明日には明後日のことを思いながらやっと「幸せ」という言葉がこうして行き来するようになった。

心が波立つこともなく、穏やかに。

「ううん。家も教室も、鮮明に覚えてるよ。景色、人、言葉。ただ、どれも自分のことじゃないみたいで。絵や、映画を観ていたような、そんな記憶」

記憶にある当時のことを秀がたどたどしく語るのに、大河はそれらの言葉がとても腑《ふ》に落ちた。

「絵や映画を観てて、どうして恋に落ちることができたんだ？」

てた」

「確かにそんなだったよ、おまえずっと。絵や映画を観るみたいに、人も物事も、外から眺めていた。

この家に来たときでさえも秀は、家の外から家族のドラマを観て憧《あこが》れるようにみんなを見ていた。

「どうしてって言われても。理由はいくつも言ったことがあるよ。君は僕には特別だった。唯一の人だよ、それは今も」

無粋なことを訊いているという自覚は、大河にももちろんある。

けれどそうして真弓が不思議に思ったように、ようやく落ちついて振り返れば、何故あんな風に世界が見えていなかった秀が自分と恋をしたのか、大河もわからなくなる。

「君は」

ふと、高校一年生の白いシャツを着た少年のように、秀が稚《いとけな》い者になった。

「初めて僕がさわった人」

「さわったか？　俺」

「僕が、さわった人だよ。自分とは違う、体温」

無意識に秀の指が、大河の指に重なる。

「自分とは違う人。自分とは違う心」

伝えられる言葉を探すことを、秀はしなかった。

「もしかしたら世界があるのかもしれないって、君といると時々思った」

触れ合った指を、放したくなくて大河は動かずにいた。

高校の頃、学校の帰りによく、秀の実家に寄った。

今はもうマンションになっている根津《ねづ》の一軒家には、蔵のような書庫があって、そこに収められた本を二人でひたすら読んだ。

ある日大河は、秀はずっと、ここで一人でそうしていたのだと気づいた。一人で暗い部屋に閉じ籠《こ》もって誰とも交わることなく、本や書庫の外に世界があることをまるで知らされずに、それでいいと思っていたのだと気づいて、そのとき確かに秀に少し触れた。手を伸ばして、自分でもわけがわからないままさわった。

衝動だった。

焼けた鉄に触れたくらいに、秀は酷く驚いていた。

「……あったんだね」

笑って、秀が指を引く。

「おまえが気づいて、よかった」

思いがけず鮮明に思い出してしまった古い家の暗い部屋は今目に映しても大河の胸を強く塞《ふさ》ぐほど、秀を一人きりにしていた。

孤独などという言葉では当て嵌《は》まらない。

秀は本当に世界があることを、他人がいることをわからずにあの部屋で育ったのだ。

「そうか……触れたんだな。俺」

人というものを知らない秀が、自分に触れて顔を上げたのだと改めて知ると、一度手を放してしまったことを何度でも悔やむ。

「でも、勇太がおまえを連れて来てくれた」

けれど離れていた、京都《きょうと》での秀の勇太との時間は誰にとっても必要だったと、それもまた何度でも思い出せた。

「一つでも掛け違えてたらって考えると、怖いな」

世界があることを知らずにいた秀と、大河は触れ合った。そのまま抱きしめてしまえば秀の世界は大河で閉じた。

大河は秀の世界が自分一人で終わることを、いつか抱えきれなくなったようにも思う。

考えて突き放したわけでもなく、秀が京都の大学に行って勇太と親子になったのは本当にたまたま起きた奇蹟だ。

「そう？」

まだそこまでは秀は思わないのか、見えている世界に満ちている。

これから見えるものがまた秀を変えていくのかもしれないと、大河は不安と期待の大きさにため息を吐いた。

「僕は今、既に一つの掛け違えが起きていてそれがとても怖いけど」

「は？」

けれどきっといい明日が巡るとしみじみしていた大河に、ふと秀が能面のような顔を見せる。

「どんな掛け違えだよ」

座っている大河の向こう側にある新聞に、秀にしては随分機敏に手が伸びた。

「……！」

新聞の下に置いていた、そろそろ新人といえなくなってきたがまだ若い担当作家、児山一朗《こやまいちろう》太《た》の本を秀が右手に取る。

「六月の新刊ですね」

「ああ……やっと、重版が、掛かりそうな気配で……」

なんだこの浮気を問い詰められているような空気は理不尽だと言いたかったのに、大河は秀の勢いに完全に気圧《けお》されてしまった。

「掛かったんですか」

「いや、掛かると、いいなと思って」

「重版の予定もまだなく、それでも二か月も経つのにこうして暇《いとま》なく再読を繰り返してらっしゃるんですか」

「暇なくなんて大袈裟《おおげさ》な……」

大袈裟なと言ってはみたものの、児山の作風を存分に生かして売ってやれる突破口は何処だろうと、日々大河はこの本を読み返している。担当作家だとしても、その回数は度を超えている自覚はあった。

「わざわざ僕に隠れて」

「そうやっておまえが見境なくヤキモチを焼くのがわかってるから隠れて読んでるんだ！」

ほとんど浮気現場を見つかった亭主のようになって、大河は悲鳴を上げた。

「くうん」

また喧嘩ですかと、バースが悲しい声を聞かせる。

「見境がないでしょうか。僕は今まで君を失う不安を感じていた時間は長かったけど、誰かに奪われるという想像は今回が初めてだし、もはや奪われていると言っても過言ではないのではないでしょうか」

「なんなんだよその変な丁寧語！　児山先生は俺のことなんか全然好みじゃねえってはっきり言ってたよ‼　困るって！」

普通の恋愛については未だに慣れもしなければ知りもしないので、見当違いなことなのに芯《しん》から疑っているので敬語の秀に、疚《やま》しくもないのに追い詰められた男は余計なことを叫んだ。

「よかった……そうだった君って意外とモテない」

「おまえ……」

「あ。待って。え？　困らせたの？　大河。児山先生に好みではないとお断りされるようなことをなさったのですかあなたは」

「してねえよ‼」

本当に余計なことを言った大河は、児山にその無惨な言葉をいつ何故言われたのかすぐに思い出せない。

「なら何故児山先生は、大河にそんな言葉を言うの」

「それは……っ」

それは、見境なくこうして嫉妬《しっと》するという急成長を遂げた秀が、人生で初めての嫉妬心を使い方も知らないのに後輩作家の児山に全力でぶつけたので、それでも今も秀の大ファンでいてくれる児山が音を上げて大河を責め立てたのだった。

だが思い返せば、「大河を返して」と児山のところに通い詰めたり、三日と空けずに「盛夏の候、いかがお過ごしですか。追伸、あなたは一人でも立派に傑作が書ける作家です。もしよかったら大河を返してね」などという暑中お見舞いを送り続けたことを自分が知っていると、秀に言うのはよくないと大河は思い留まった。

そこは痴情の縺れ的に思ったのではなく、児山から個人的に聞いたことを秀に話してはならないというごく普通の道徳心だったが、要らぬ生真面目さがますます大河の立場を追い込む。

「僕は……梅雨《つゆ》から夏の始まりの全てを、君を返して欲しいという手紙をしたためることに費やしたのに」

だが大河の道徳心など顧みることもなく、秀は自らその下手をすると警察に訴えられ兼ねない行為を打ち明けた。

「あまり強く迫っては申し訳ないと思って、返却を要請すると言っても『返してね』と言葉を砕く心遣いで書いたんだよ。それなのに、児山先生と君はいつの間にかそんな」

「どんなことにもなってない！」

季語に「旱《ひでり》」などと入れてくるのに「返してね」とそこだけ変にかわいこぶっているのは何故だと児山は混乱の極みだったが、まさか気遣いだったと知ったら今度こそ秀のファンを止めてしまうかもしれない。

「返してね、はーと、にしようかどうしようか毎回悩んだ。だけどどうしてもつけられなかった。つけたら僕の心を汲《く》み取って返してくれる可能性が高まるにしても、作家としてのなけなしの心だろうか……つけられなかった。思い切ってつければよかったね」

「作家としての心は立派だが、はーとで可能性が高まると何故疑わないんだ……」

白い割烹着の宇宙は最近「人間始めました」という感じなので、こういう基本のなってなさを学び終える頃には地球最後の日も通り過ぎるだろうと大河は震えた。

「つけるかつけないかで、二時間悩んだ日もあったよ。夏の全てをかけたのに、児山先生は大河をどうしても返してくれない」

「全てをかけるな……その時間にいったいどれだけの原稿が書けた！」

「そんなことを言うなら、担当に戻ってください！」

「だからそのために甲斐性なしの俺が今頑張ってると言っただろうが‼」

ああみなさん今日はお留守で何よりですと、バースもたまには一人で散歩に出かけたくなる。

まさか終結したと思っていた話に何度でも二人が戻ることまでは、家族も想像したくないはずだ。

「……そうでした。ほとんど一年が経とうとした今、君はようやくそのために頑張ろうと決めてくれたばかりなのに。ごめん」

あまりしおらしくもなく、秀が謝る。

秀にしてはここだけは強気なのは無理はなく、去年の秋に担当替えが言い渡された日から、秀は「絶対に嫌だ」と言い続けた。

意地を張って受け入れたふりを藤の季節までしていたのは大河で、秀の担当を降ろされたことも甲斐性がなければ、それが秀のためだと虚勢を張り続けたことも甲斐性がない。

「おまえ、本当に頑張ったな。おまえの方には甲斐性があるよ」

それは言い訳もないと、大河は観念した。

「僕に？　そんなこと初めて言われた」

なんのことだかさっぱりわからないと、秀がキョトンとして大河を見る。

「俺は久賀《くが》に嫉妬はしていないぞ」

あの暗い部屋にいた頃からは考えられないことを自分がしたことは、まだ実感できていないのかと大河はため息を吐いた。

「……どうして？」

自分ばかりが児山に嫉妬して不公平だというように、秀がほんの少し拗ねる。

「もちろん、作家としておまえを大きく飛躍させたことには嫉妬なんてもんじゃ済まない感情がある。作家であることはおまえそのものなんだ。それは編集者としても恋人としても、俺が為《な》したくてできなかったことだ」

「そんなこと……言わないでよ」

そんな辛い思いを吐き出させてしまったと、秀は酷くすまなさそうに大河に首を振った。

「そこは、いつかもっと頑張るところだ。俺も力をつけるよ。だけど」

もう一度、大河が秀の手を取る。

だけどの先を、けれど声にしなかった。

秀には自分だけが生涯の恋人だと、大河は何も疑っていない。たとえ久賀が本気で秀を恋人として取りに来たとしても、秀の心が動くとは微塵《みじん》も思わない。

それはけれど、ただ幸せなことだと思うには、大河は秀の生きて来た道の寂しさを知り過ぎていた。

「……ん」

何も言わず、ただ唇をそっと合わせる。

本当は秀に、自分がもしどうしてもここにいられない日が来たら、誰かを愛して欲しいと思う気持ちは今も大河にはあった。

けれどそれは望み過ぎだと今は思う。秀に生きられる精一杯を今秀は生きて、愛せる精一杯で大河を愛してくれている。

「おまえの面倒見られるのなんか、地球に俺一人だ」

遠くで魚屋の一人息子が、「ちょっと待て！」と盛大に突っ込む叫びは、残念ながら大河には届かなかった。

「よろしくお願いします」

微笑んだ秀は、幸いなのだと大河にはよくわかった。

今はまだ、それで本当に充分だ。

「唐揚げが冷めた」

おっともったいないと、大河が食事に戻る。

「どうして今日は、塩味がよかったの？　唐揚げ」

突然二人きりになったので外食に行こうかと言った大河に、冷凍庫に鶏肉があると秀が言って今日は大河のリクエストで唐揚げになった。

「いや？　ずっと醤油だったからただの気分だ。俺は夜は白飯食わねえしな、あんまり」

酒呑むからと、大河が肩を竦める。

「そうなんだよね。お醤油と生姜や大蒜《にんにく》で漬けた方がご飯が進むみたいで、みんな。でもたまには塩味にしてみるのもいいのかな？」

「メシと合うのは醤油だろ」

「日本人だからね、やっぱり」

そこは明信が胸を痛め尽くしていることなど、細やかな日本人に生まれた割りには全く関知しない、大河と秀であった。


決められるまで浴衣を掛けておいて欲しいと秀《しゅう》に頼んだら、きれいだから嬉《うれ》しいと快諾してくれた。

出した日から十日以上も経つのに、何も決められないままだと真弓《まゆみ》は秀の部屋で藍染《あいぞ》めと天色の浴衣を眺めていた。

「どっちもきれいだけど……着たいとか、欲しいとか、湧《わ》いてこない」

膝《ひざ》を抱えて、秀が買い物に出た水曜日の夕方を一人でぼんやりと過ごす。

今の真弓はまた野球部の黒ジャージに、上は杢《もく》グレーのTシャツだった。真弓の人生に十八歳で現れたジャージは、日常着にしたら途方もなく果てしもなく楽だ。このひたすら楽なジャージというものが最早肉体の一部になってそれが自分を変えた部分もあると、考え過ぎているせいで真弓はどうでもいいことに気づいた。

「それはホントにマジでどうでもいい……」

どうでもいいが、勇太《ゆうた》は真弓のジャージ姿について様々物申すことがある。

野球部に入って最初の頃は複雑そうにしていたが、見慣れた頃にはジャージ姿が気楽でいいようなことを言っていた気がする。けれど時々、味気ない色気ないと文句を言う日もある。

「本当だ……ジャイアンたちめ！」

その日の気分でサラッと言われたことをいちいち真に受けて、全てまともに対応してきたことに初めて気づいて、達也《たつや》の言葉はもっと早く聞きたかったと真弓は奥歯を噛《か》み締めた。

「でも、達ちゃんもあんなこと思ったのきっと最近なんだろうな。たくさんジャイアンして、たくさんうっかり傷つけて。だから忠告してくれたのか。大人になって……いや反省してないじゃん！」

ジャイアンたちは変わる気はないのかと真弓は頬《ほお》を膨《ふく》らませたが、変われはしないのだろうともなんとなくわかる。

それは、真弓がそういう言葉をいちいち真に受けて反応してしまうところが、簡単には変われないのときっと同じだ。

「確かに俺、男苦手意識まだまだあるなあ」

そういうことはたくさんあっただろう、自分もしたと達也は言った。大学で八角《やすみ》に出会ってそんな自分を見つけられ宥《なだ》められるまで、真弓は自分の持っている男たちへの過剰な警戒心と目を合わせていなかった。

幼い頃に男に襲われて背中を切り刻まれては当たり前だと、八角は言ってくれた。

「八角さんがいなかったらまだ、怖がってる自分にも気づけなくてガチガチだったんだろうな……本当に、八角さんに奇蹟の女神が現れますように」

きれいな浴衣にはきっと効力がある。男物と女物だしと、真弓が手を合わせる。

襲われた経験と、女顔でとても強くは見えない見た目で、真弓は気を抜くと達也の言う通り簡単に男子に舐《な》められた。それでジャイアンたちの言い分に神経質だった部分もある。

「そのときそのときはみんな本気なんだろうな。忘れちゃうだけで」

そんな風に思ってやると、浴衣もどちらでもいいし、ジャージでもジャージじゃなくてもいいようにも思える。

だが勇太が二度見せた、真弓に山車《だし》を引いて欲しくない気持ちはきっと、そういう一時で忘れられる暴君的なものではない。顔を見た真弓には、それだけははっきりとわかった。

だから、実のところ最早浴衣は本当に無関係だ。

「そうするとこれは、俺一人の問題ということになるじゃん……」

それなのにどちらが好きかも、真弓にはもうわからなかった。

時々真弓は、この巨大迷路に入る。一度や二度ではないのだからここが自分の基本なのかもしれないと思うと、この先が思いやられて絶望が深まった。

ボスボスと間抜けな音をたてて、秀の部屋の襖《ふすま》が叩《たた》かれた。

「入ってもいい？」

廊下から聞こえたのは、部屋の持ち主ではなく明信《あきのぶ》の声だった。

「秀ならお買い物だよー」

秀に用かと答えた真弓に、怖《お》ず怖《お》ずといった様子で襖が開けられる。

「どしたの？　明ちゃん」

「また浴衣見てるのかなと思って」

「心配してくれてた？　入ったら？　……秀の部屋だけど」

我が物顔で言ってしまったと、真弓はいたずらっぽく舌を出した。

「いいのかな。僕、秀さんの部屋はほとんど入ったことなくて」

「マジで？　なんで？」

「なんでって……」

勇太と真弓の部屋にも、大河《たいが》の部屋にも、用がなければ明信は入らない。だが真弓に問われれば、この部屋は一番、入りたくない部屋だと気づいて苦笑した。

「忘れないで。僕は秀さんの大ファンで、憧《あこが》れの作家さんなんだよ。秀さんの新作はいつもすごく楽しみにしてるし、その執筆がされてる部屋がうちの中にあると思うとものすごく不思議で複雑な心境なんだよ」

「ふうん。その気持ち全然わかんないけど、ちなみに絶対秀も知ったこっちゃないと思うよ」

「……そうだね」

雑に秀の気持ちを代弁されて、残念ながら間違いなくその通りだろうと思えるくらいには、明信も秀本体を知ってしまっている。一度くらいはちゃんと創作の現場にお邪魔してみようと、秀不在の部屋に思い切って足を踏み入れた。

「どんなイメージだったの？　会ったことない頃の、作家！　阿蘇《あすおう》芳秀先生って。明ちゃんにとって」

未だに秀の作品を読んだことのない真弓にはそのイメージはゼロで、世間や明信が思うところの阿蘇芳秀には興味が湧く。

「それはもう……」

粉々に砕け散った夢の話を訊《き》いてくれるなと、珍しく明信の顔が引《ひ》き攣《つ》った。

それでも明信には秀の創作の気配がする部屋は聖域で、あまり見ないようにしながらそっと真弓の隣に腰を下ろす。

「お写真は……何度も拝見したことがあったからね……」

無駄に冷たく整った顔をこのときこそ存分に生かしてやろうと、大河がカメラマンやスタイリストや代理店に膨大《ぼうだい》な草案を渡して撮影させた秀のイメージフォトは、イメージのフォトグラフとはこんなにも人に罪深い夢を見せるものなのかという写真だった。

「なんでそんな変な敬語になんの？」

「きっとそのお写真でしか知らなかった阿蘇芳秀先生への、僕の気持ちだろうね……」

「ごめん。結構訊いてはならないゾーンなんだねそこ」

「真弓は誰かいないの？　作家さんじゃなくても、アイドルとか、俳優さんとか、スポーツ選手とか」

そういう気持ちだよと明信は言いたかったが、問われたことによって真弓は直ちに樹海に帰還することができた。

「……なんか、ないんだよね。何も。野球部のマネージャー始めて、うちでもよく勃発するけどプロ野球のチームの何処が好きとか嫌いとかで大変なことになんのね。部員たちが」

「だろうね。野球部なら」

それは想像もしたくないことになるだろうと、明信がため息を吐《つ》く。

「だからプロ野球の話禁止なんだよ」

「野球部なのに……？　ああ、メッカみたいなもんだね。むしろ。三つの異なる宗教が激しく重なり合う聖地みたいな」

「何言っちゃってんの？　明ちゃん。そんな話してない！」

すかさず自分の専門分野に飛んだ明信に、真弓は頰を膨らませた。

「……ごめん」

「ううん。ごめん、真弓のこと心配してきてくれたのにね。明ちゃんの聖地に入りたくないのに入ってってくれて」

「本当だよ。今もあんまり見ないようにしてるんだから……資料とか、書きかけのメモとか」

「そんなに大好きなものが、明ちゃんはちゃんとたくさんあるよね。真弓はないなあ。野球チームも、何処でも応援できちゃう。漫画は読むけど、誰が描いてるかとか気にしたことない」

誰が描いているか気にせず漫画を読むのはごく一般的な感覚なのは、残念ながら次男の知らない世界であった。

「そういうことは、必要なときに一つ一つゆっくり考えたらいいよ。浴衣のことも、急いで決める必要はないよ」

静かに明信が、心配の本題に入ってくれる。

「そうなんだけど。元々はどっちの浴衣が着たいとか着たくないとかじゃなくて、本当は」

「そうなの？」

何を着るか、着たいか、というところから始まった悩みではないと打ち明けた真弓に、それは初耳で明信は問い返した。

「でも同じことかも。勇太が俺にどうして欲しいんだろうって考え過ぎちゃって。それって勇太がどうして欲しいかだけ気になってて、自分がどうしたいかは置いてけぼり。おんなじことかな」

さっき浴衣のことは自分の問題だと呟《つぶや》いたばかりなのに、今真弓は自分が樹海で行方不明なので簡単になんでも見失える。

「不思議だね」

「何が？」

顔を覗《のぞ》き込んで兄がやさしい声をくれるのに、ふと安心して真弓は尋ねた。

「それって……僕が持ってることと同じことみたいなんだけど」

「明ちゃんが持ってること？」

「自分で選べないってこと」

自虐《じぎゃく》的にはならず、けれど少し言い難く思いながら明信が教える。

「あ……そうだね」

兄弟の中で明信が唯一そういう人であることは、真弓もよく知っていた。

「だけど真弓と僕は、多分全然違う」

「うん。ホントだ、不思議」

同じ「自分で選べない」ということなのに、明信の言う通り確かに全く違うと真弓も首を傾《かし》げる。

「多分なんだけど」

その答えをちゃんと持って、明信は隣に座ってくれたと真弓は知った。

「僕は、こういうのが自分だって受け入れてる。っていうより、こうしたいんだよ」

「自分で選べない？　って、したいの？」

「うん。いくつかは、あるけど。勉強のこととか、勉強の……」

「明ちゃんってそこ俺には理解不能だけど、すごいよね。すごい」

学問以外に特に固執が見つからない明信に、同じ兄弟というより同じ人類なのだろうかと真弓が激しく惑う。

「勉強したいことっていうか、やりたいこと。そこは選ぶとか選ばないじゃなくて、動かない」

勉強が大好きだという意味ではないと、明信は丁寧に説明した。

「明ちゃんはそれがあるから、選ばなくていいんじゃないの？」

「うーん。でも、選ばないのは子どもの頃からだけど。やりたいことは本を読みながら生まれていった感じで、大学で勉強してるうちに段々動かなくなったから。あ、だからこういうことは真弓もこれからだよ」

そのことには今気づいて、だから焦らなくていいと真弓に教える。

「そうかな?」

「まだ学生だから、見つかるとしたらこれからだよ。そういう、一つのやりたいことじゃなくて。浴衣を選んだり、緑か青か選んだり、お肉か魚か選んだり。そういうのは僕は、選ばないことをしたいんだけど」

「ちょっと難しい、明ちゃん」

「真弓は、選びたいんじゃないかな。自分で」

理解不能となった弟に、兄はやさしい言葉を探してやった。

「そうなのかな?」

「真弓自身のことだから、僕にはわからないけど。今は真弓と僕は同じで、選べない。でも僕はそうしたいけど、真弓はそうしたくないから悩むんじゃない?」

そう語られると、真弓にも兄と自分が同じことをしているのに何故感情が全く違って見えるのか、納得できる。

「そうかも。今までは自分で決めてたし、自分で選んでた。なんでもそうしてたって、思ってたんだけど」

去年の夏、藍染めの方の浴衣を着て、真弓はそれは自分が好きで選んだことだとみんなの前で言った。

「ホントかなあって思ったら、ぐらんぐらんになっちゃった」

あのときの気持ちに嘘《うそ》はなかった。あのときは健やかにまっすぐ自分の気持ちを言葉にして笑えた。

「それはきっと、真弓には大切なことなんだね」

「そうだったみたい。人と違うことしてても、自分で決めてるから大丈夫。平気」

「そんな風に思ってたなら……本当に大切だね」

そこまで芯《しん》を支えていたと聞かされて、明信が真弓への不安を少し大きく揺らして見せてしまう。

「明ちゃん、いつか真弓がこういうぐらんぐらんになるの予想してたの？」

自分がこうして迷う日に、兄は揺らがずに向き合おうと決めていてくれたのだとわかった気がして、真弓は尋ねた。

「少し、心配してただけだよ。ずっと僕たち……特に大河兄のために、真弓はかわいい弟でいてくれたところがあったから」

「それ、卒業したつもりだったんだけどなあ」

「卒業したよ。だからだよ」

いつも明信はそうだけれど、今は特に落ちついた声が出るようにゆっくりと話してくれている。

「そっか。卒業しちゃったから、全部自分のために選ばないといけなくなったんだ。俺」

だから勇太のためにこうして考え続けてしまうのは、勇太への愛情の他に、自分の生き方の習い性でもあるのかもしれないと真弓は気づいた。

「今まで本当に、僕たちの幸せや嬉しさのために真弓は頑張ってくれてたんだね。急に、突然変わるのはどんなことも難しいし危ないよ。自分のためだけには、これから一つ一つゆっくり選んだらいいと思う」

焦ることではないと、何度でも明信はやさしく言い聞かせてくれる。

「真弓が僕たちのためにかわいい弟でいてくれたどの時間を思い出しても、僕はすごく幸せだったし、真弓はいつも本当にかわいかった。どの浴衣姿も、全部真弓らしくてきれいだったよ。それは間違いなく、もう」

けれどふと、そのやさしい声が、何かしらの事実を伝えようとする固さで止まった。

「変わらないことだから」

目を見て明信に教えられて、それが一番兄が弟に知って欲しかったことなのだと真弓に伝わる。

「変わらないこと」

とても怖くてとても大切なことを兄が言ったと、真弓は声にして反芻《はんすう》した。

「もう、今日とか明日のことしか、決められないんだ」

歩いてきた道に自分が何を思っていたのかいくら考えても、それはもう動かないし、確かめることもできない。

「俺、それでまた」

今日と明日のために、息をしなくてはならない。

その一歩一歩を自分で踏みしめて行かなくてはならないのにと、明信に言われたのにやはり真弓は焦ってしまった。

「勇太のためにって、考えちゃってる」

「浴衣？」

「夏祭り、勇太はどうして欲しいのかなあって。そればっかり考えてる」

結局は好きな人の意向に従いたいのだと、勇太がわからないことと、そのわからないことに添いたい自分に真弓がため息を吐く。

「そんな話したの？」

「ううん。勇太は何も言わないんだけど、勇太はきっとなんか俺にこうして欲しくないっていうのがあって、でも言わないんだ。それが気になって俺」

「勇太くんの望む通りにしたいの？　真弓は」

咎《とが》めるのではなく、明信は訊いた。

「……わかんない。でも嫌なことがあるなら、知りたい。どのくらい嫌なのか」

「それは、好きな人だから当たり前だよね。きっと」

「明ちゃんほどじゃないよ、俺こういうの！」

そんな風に明信に共感されるようなほどではないと、思わず真弓はほとんど悲鳴になる。

「でも勇太が……あんなに嫌なのに理由言わないのは、よっぽどだから」

だがこの件だけは、明信の献身にも及ぶ思いかもしれないと、拒むように自分を見てしまった勇太を目の前に映した。

「勇太も……誰かに言われたくないよね、こんなこと。ごめん。明ちゃんに話しちゃった、俺」

自分にさえ打ち明けられない勇太の思いの欠片《かけら》を憂鬱《ゆううつ》のままに話してしまったと、真弓が息を呑《の》む。

「でも、一人で抱えきれない真弓の気持ちもわかるよ。僕でよかったら、相談に乗るよ。恋愛相談は無理だけど、そういうことなら。勇太くんも家族なんだし」

そんな大切な秘密なら聞かないと、きっと明信は言うと、真弓は思い込んでいた。

「なんか、嬉しい。それ」

けれど普段なら律するのだろうところを超えて、自分と、勇太にも手を差し伸べてくれる兄が素直に嬉しい。

「聞いてくれる？　明ちゃん」

「聞くよ。そして誰にも言わない。勇太くんにも」

秘密にして欲しいということは、真弓が願い出る前にきっぱりと約束してくれた。

「多分、勇太は俺が山車《だし》引くのがものすごく嫌なんだ。顔に出たの、二回見た。訊いてみたけど、そんなことないってしか言わないし。理由も全然わかんない。でも、なんていうか、言えないくらいすごく嫌なんだ」

自分が見た表情について明確に説明はできなくて、拙《つたな》い言葉を真弓が重ねる。

「山車を引くのがものすごく嫌……」

それはどう受け取ったらいいのかと、明信は自分で言葉にし直した。

「八角さんに……あ、野球部の元副部長」

「覚えてるよ。やさしそうな人だったね」

頼り甲斐《がい》のありそうなと、二度会った八角のことを明信がきちんと思い出してくれる。

「譬《たと》え話でね、彼女が山車引くのやだったとしたらなんでですかって訊いたの。去年竜頭町《りゅうずちょう》のお祭り見てるから、八角さん」

「なんて言ってた？」

そこは他者の意見を自分も聞いてみたいと、明信は続きを求めた。

「彼女にあんなオラオラして欲しくない的な即答が返って、勇太がそんなこと思うわけないじゃんってそんときは思ったんだけど。考えてみたら俺お祭りのときいつも」

小さく息を吐いて、どちらもきれいな浴衣を真弓が見上げる。

「こういう浴衣着ておとなしくしてるところしか、勇太見たことないから。絶対あり得ない理由じゃないかなあって、巨大迷路。樹海」

なくはないという程度だが、あり得なくもないので浴衣を出した結果がこれだと、真弓は明信に教えた。

「勇太女の人好きじゃないから、この理由当て嵌《は》まんないって思ってるんだけど。結局なんにもわかんないからさー」

男の中の男たちにはそういう気持ちもあるのかもと、真弓はそこはお手上げだ。

何か言葉を持ちながら、躊躇《ためら》って明信が真弓を見ている。

「時々……勇太くんは真弓に何もかもを求めてるみたいに見えるけど」

何？　と振り返った真弓に、言い難そうに明信は口を開いた。

「何もかも？」

「……うん」

まるでわからない真弓に、明信は説明することを臆している。

「僕がこんな憶測を語ったら本当に、勇太くんは嫌だと思うし申し訳ないけど」

兄はそのことを言いたくないのだと真弓にもわかったけれど、思うところがあるのなら教えて欲しかった。

「誰でもお母さんから生まれるから、どんなお母さんでも……捨てられても」

痛ましく思うことさえすまなく思って、明信の声が小さく弱る。

「恋しい日はあっただろうし」

「うん」

それはとても想像がつくし、兄がそれを言葉にするのを躊躇ったのもよくわかって、真弓はできるだけ早くはっきりと頷《うなず》いた。

「もしかしたらそれは、終わらないのかもしれないって、思う」

気持ちを察してくれた真弓に気がついて、明信の声が少しゆるやかになる。

「終わらない……？」

「寂しさや悲しさや」

ゆるやかに、ゆっくりと、やさしく。

「足りないということ」

悲しい、寂しい声が、二人の間に落ちた。

「僕たちは、みんなで補い合ってきた。だけど、真弓は？　無理をしたことはない？」

「明ちゃんは？」

この家にも、勇太が負わされたものには遠く及ばないけれど、足りないことはたくさんある。

「丈《じょう》だって」

「……大河兄だって、そうだよね」

秀もだと、今更真弓はそうして自分たちが身を寄せ合っていることに気がついた。

「恥ずかしいけど、僕は龍《りゅう》ちゃんにすごく」

何かを打ち明ける明信が真弓には、恥ずかしさとすまなさと、何か少しのあたたかさに満ちて見える。

「甘えてしまうところがあると思う」

「それって」

「真弓のせいなんかじゃ絶対ないよ。お父さんがいなくなってしまったのは、僕は十歳のときなんだよ。真弓は、よく覚えていないよね」

大河という存在に頼り切ってきた自分のせいだろうかと惑った真弓に、違うと明信がすぐに言葉にした。

「そのときは気がつかないように気がつかないようにしてたけど、僕たちはみんな、子どもだったんだよ」

言われた通りほとんど記憶にない両親がいなくなってしまったときに、誰も彼もがまだ子どもだったと、真弓が実感することは薄い。

物心ついたときには、姉と兄たちが全力で真弓の保護者でいてくれた。

今も、明信はこうして真弓に寄り添ってくれている。

「俺」

覚えてもいなくて、わかってもいなくて、甘えてきてごめんと言い掛けて、真弓はその言葉を呑み込んだ。

その足りなさをわからないでいて欲しいから、兄たちがそうしてがんばってくれたのだと素直に理解できるくらいには、いつの間にか真弓も大人になっていた。

皆に守られて、その力を借りて。

「龍ちゃんには……悪いなって思ってる。龍ちゃんもお父さん、早くに亡くなったのに。この間こんな話になってね、龍ちゃんと。それで僕も改めて気がついたんだよ。時々、お父さんに甘えるくらいの気持ちがあるって」

全てそうして話してしまうと本当に恥ずかしいと、心から龍にすまなさそうにして明信は俯《うつむ》いた。

「どうかな。龍兄、嬉しいんじゃないかな。だって俺も、勇太が俺に足りないもの求めてくれて埋められてたら嬉しいもん」

そんな風に明信が外で人に満たされているように、自分が恋人に求められて満たせているかもしれないという話なら、ただ真弓は嬉しい。

「どうして？」

「勇太が大好きだから。龍兄だって、明ちゃんが大好きだから嬉しいに決まってる」

「みんな、人の気持ちはちゃんと見える。不安にならないよね」

笑われて、本当にそうだと真弓も笑った。

「全てを求めてるか……今は、そんな風に言われたら嬉しいだけだけど」

ふと、真弓は勇太がいなくなってしまったときのことを思い出した。

男といなくなった母親、酒乱で暴力の絶えなかった父親、その父親が死んだことを知って制御が利かなくなり真弓に怪我《けが》を負わせていなくなった勇太を思って、真弓は山下《やました》仏具を訪ねた。

——俺……勇太の親に、生まれて来たかった。

気持ちを追い詰められて家を出て行った勇太を、幸せに育てる者でありたかったと口走ってしまった真弓を山下の親方が咎めた。それは驕《おご》りというものだと、叱《しか》られて本当にそうだと恥じた。

そのときに親方が手元で彫っていた観音菩薩《かんのんぼさつ》を真弓は手渡されて、しまい込んでそれは勇太に知られないようにしてある。

——許されるばかりでいるのは辛《つれ》えときもあるな。時には目を離してやれ。

あのとき大事なことを親方は教えてくれたのに、真弓は今きっと勇太が苦しくなるほど勇太のことばかりを見つめていた。

「求めてるのかな、勇太は。結局俺、勇太のことばっかりまた考えてる」

声にしたらけれど、それはさっきまでの気持ちと違っていた。

少し呼吸ができている。

見つめている自分が呼吸ができたなら、勇太も苦しく思わないでいられるかもしれない。

「明ちゃんは考えちゃダメだよ」

「え？」

「龍兄は明ちゃんがいて足りてるんだよ。真弓が断言する」

比較的湿ったところのない明るい自分がこれなのだから、こんな案件を明信が突き詰めてはならぬと真弓は言い放った。

「じゃあ、そうする」

そういう真弓の心配を知って、明信が笑う。

「どこかで、いつか」

そうすると言ったそばから、けれど明信は自分で紡いだ足りないという言葉に、捕まってしまった。

「これでいいって、思えるのかな」

「みんな、本当は思ってないときは時々だよ。俺はだいたい思ってないし。明ちゃんも時々にして！　これでいいし足りなくないから‼」

ダメと真弓が、大きな声を出して明信が纏《まと》った湿り気を追い払う。

「あれ？」

弟に叱られて、珍しく明信が主題を見失った。

「僕が相談に乗ってたのに」

逆になったと、くすりと笑う。

「ホントだ」

「みんな、そうだといいね……本当に」

「お姉ちゃんもなんか足りないかな？」

みんなと言ったものの志麻《しま》はどうなのだと、真弓が不意に四年顔を見ていない長女を思った。

「え？」

この会話の中に志麻の名前を突然混入されたことは不意討ちで、明信が激しく戸惑う。

「志麻姉……」

四年家に帰らないが帰り次第自分の恋人を嬲《なぶ》り殺すのだろう姉は、果たして人間がそんなことをするだろうかと明信が何度理性に問うても、可能な限り残酷な目に遭わせてから龍を隅田《すみだ》川《がわ》に沈める想像しかできなかった。

「人智が及ばないから想像ができない……」

「明ちゃん何げにもの凄《すご》いこと言うよねたまに」

「僕はね」

　責められたのではなく不思議がられたのはわかって、失言に気づいたものの明信は最早龍を惨殺されたに近い気持ちになっていた。

「わからないものが怖いんだ」

「なるほど。秀とお姉ちゃん」

　物わかりよく、それは二人が怖いだろうと真弓が深く頷く。

「……うん」

　志麻はともかく秀には申し訳ないけれど本当は時々怖いと、部屋の主への畏怖《いふ》を明信は吐露してしまった。

「言っとくけどその二人だったらみんな怖いからね！　世界中の人が怖い‼　大丈夫安心して！」

「ありがとう……みんなって、すごく力強い言葉」

　そして大袈裟《おおげさ》にも思えないと、いつか来る志麻の帰還に明信が震える。

「俺、お姉ちゃん帰ってきたらすぐしようと思ってることがあるんだ」

「何？」

「話したことないっけ？　真弓はね、お姉ちゃんに女物を着せられたせいでオネエさんになっちゃったの。それで高校で酷《ひど》いいじめにあっていたところを勇太が助けてくれてね？　勇太なしではもう真弓は生きていけないの。勇太は真弓の命の恩人なんだよってお姉ちゃんに話すの。三秒くらいで話す」

三秒以内に話さないと勇太が殺されちゃうからねと、真弓はけろっと笑って明信に語った。

「真弓……それ、ずるい……」

三秒を先に予約された上に、それは真っ赤な嘘だけれど真弓にしか使えない技だ。

「ごめんね。明ちゃん」

大切な龍を助けられなくてと慈愛に満ちたまなざしを兄に向けて、しかし真弓はその三秒を決して譲りはしなかった。

夏祭り直前となった全国的にお盆の午前、真弓は脚立を出して部屋の天袋を開けていた。

「……あった」

きれいなハンカチで大切に包んで天袋の奥にしまっておいた、山下の親方が彫ってくれた観音菩薩の入った小箱を取り出す。

脚立から降りて真弓は、畳にぺたんと座って丁寧に箱を開けた。

もう出かけなくてはならないが、勇太がいなくなるのを待って天袋を開けた。この観音菩薩をしまい込んだのは、親方に貰《もら》ってすぐのことだった。家を離れた勇太が帰宅して、親方に頭を下げて山下仏具の見習いにまた通うようになり、家族の生活も勇太も何事もなかったかのように戻った時にすぐにしまった。

高校三年生の夏だ。そんなに昔のことだとも思えないのに、とても遠い日に感じる。

「だって、勇太はもう見習いじゃなくて職人になって二年目だよ」

やさしい顔をした観音菩薩に、真弓は笑って話しかけた。

きれいな布に包んでしまい込んだのには理由がある。勇太に見つけられたくなかった。

見つけても勇太は、親方の思いを汲《く》んで「そうか」と笑うかもしれない。

けれど、真弓が覗くことのない山下仏具の中の職人としての勇太の世界は、勇太だけの新しい大切な世界だ。そこには真弓は関わることはなく、けれど長く続いていく。続いて欲しい。

だから少しの水も差したくないし自分の関わりも見せたくなくて、真弓は親方から貰ったお守りをこうして眠らせた。

「でも時々、外に出して拝むべきでした……ごめんなさい」

何年も暗い天袋に入れていたことを申し訳なく思って、畳に置いて手をあわせる。

本当のところ、最近では存在を忘れてしまっていた。

真弓が大学生になって、勇太が職人として本格的に働き始めて、今までとは全く違った生活の中で気持ちの擦《す》れ違いに焦ったときにも、この木彫りの観音菩薩を真弓は思い出さなかった。

「いつの間にか、信じる気持ちは動かなくなってた。それは、今も同じなんだけど」

小さく息を吐き、頭を下げてあたたかな気がする木を掌《てのひら》に取って、新しいハンカチで包み直す。

「足りないということ」

何か、弟に教えたのでもないように明信が呟いた言葉を、真弓は声にした。

観音菩薩を思い出したのは、それでだ。

勇太は真弓に全てを求めているように見えると、明信は言った。それを咎めてもいなかった。

なら嬉しいし受け止めたいと真弓は思ってしまって、親方の言葉を思い出した。

「足りないなら、埋めるのは俺でありたいよ……勇太」

そういうことではないのだろうかと、真弓にはもう本当のところはわからない。

時々は目を離してやれと親方に言われたことを思い出すと、近頃では四六時中真弓は勇太のことばかりで、それはいいことだとも思えなかった。

好きな人とちゃんと向き合うということはとても難しいとため息を吐いて、箱を天袋に戻す。

戸を閉めてもう一度手をあわせて、脚立を持って真弓は部屋を出て階段を降りた。

「あれ？　大河兄珍しい」

居間を覗くと、大河と秀が氷の入った麦茶を飯台に置いて、二人で縁側のバースを撫《な》でている。

「何がだ」

正確に言うと撫でているのは大河で、白い割烹着《かっぽうぎ》を脱いだ秀は、撫でられて気持ちよさそうに目を細めているバースを見つめていた。

「忙しくないの？」

バースは秀に触れられると、少し怯《おび》えてあきらめたようにぐったりとなる。きっと明信と同じような気持ちなのだろうと、真弓は解釈していた。

「お盆入ったからなあ……もうほとんどのものは動かなくなり、無抵抗というかなんというか」

兄が愚痴《ぐち》を言い秀が顔を背けたが、そんな話は真弓には知ったことでない。

「そっか。お盆だ、電車空いてるかな」

八月の真ん中は全国的にお盆だが、東京のお盆は先月に終わっていた。

だがお盆の行事自体はなくても、多くの人が都内からいなくなるので街はぐっと人が少なくなる。

「お盆なのにどっか行くのか。またジャージで」

黒いジャージにグレーのTシャツの真弓に、大河は笑った。

「うん。他大学のマネージャーと練習試合の打ち合わせ。お盆明けたらすぐ試合で、お互いお盆は暇ですねってなって」

そうか向こうのマネージャーも東京《とうきょう》生まれなのかと、盆休みに暇な理由に真弓がようやく思い至る。

「お盆くらい休めよ」

盆暮れにしかしっかり休めない編集者の大河は、呆《あき》れたように言った。

「真弓ちゃんがお盆のありがたみを思い知るのは、社会人になってからのことでしょう……」

担当編集者も元担当編集者も完全休日になるこの年に二回の休暇を、秀はしみじみと堪能していて、穏やかな笑顔で真弓の背中が寒くなることを言ってくれる。

「大河兄と秀を見てると、一生学生でいたいって思う」

思わず本音が、真弓の口からポロリと落ちた。

「それはないだろう真弓！」

「そうだよ……」

「そうだけど！　でも二人は四年前から社会の凄惨《せいさん》さを俺に見尽くさせてるじゃん‼」

一生懸命働いて自分の学費も出してくれている兄に酷いことを言ってしまったと後悔したが、しかし感謝を差し引いても余りあるほど社会の恐ろしさを二人には見せられていると真弓が刃向かう。

「でも社会ってもっとこう……ね、色々だから。丈くんだって、社会人だよ?」

明信はずっと大学に残っていて学生なのか研究者なのか誰にもよくわかっていないが、丈は時にはスポーツ新聞やスポーツニュースに名前が出ることもあるプロボクサーだ。もちろんそれだけでは食えなくて、所属のボクシングジムの中で働いてもいる。

「丈兄の仕事って、めっちゃ特殊じゃない……?」

それを社会人の指針にしろと言われてもと改めて二人を見ると、大河はSF雑誌の編集者で、秀は大人気のSF作家だった。

恋人の勇太も社会人だが、仏具屋の職人で、将来は親方のように神社仏閣の細工をしたり仏像を彫ったりしたいと考えている。

「俺、よくわかんないけどなんか普通のサラリーマンになろ」

突然大ざっぱに進路が見えて、よくわからないけれど毎日スーツを着ようとだけ真弓は決めた。目標が何もなかった真弓にとっては、大きな一歩だ。

「俺も普通のサラリーマンだぞ」

言われればスーツはよく着ている今日は無精髭《ぶしょうひげ》も伸び過ぎの大河が、目指せというように笑った。

「普通の……」

大学で受ける社会教養講座の中には、「普通」という言葉を使うことを躊躇うような内容のものがある。

マジョリティマイノリティ多様、世界には普通などというものは存在しないのだ定義は誰がするという正論を、真弓は飯台ごとひっくり返したくなった。

「とりあえず九時五時と週休二日を目指す」

それはとても高いハードルだとは八角や大越《おおこし》を見ていてもわかるが、真弓は大河ほど仕事を愛せる自信はない。

「あ、今度八角さんに会社見学お願いしてみようかな」

「ああ、それはいいんじゃないか？　大越さんの方は省庁だって言ってたもんな。八角さんは面倒見もよさそうだし、頼んでみろよ」

ふと思いついた真弓に、それは確かに名案だと大河は頷いた。

「結構忙しそうなんだけど、ＯＢの話聞いてると八角さんのところが一番興味ある。訊いてみる」

実のところイベントプロデュース会社に、真弓の興味が向いているわけではなかった。

時々八角が本当にうっかりと漏《も》らす会社での様子から、八角自身は明かそうとしないが会社では女性が強いのではないかと、漠然と真弓は感じていた。

そして何故八角がモテないのだろうという世界の謎《なぞ》の一つが解けた日に、八角はきっと会社で女性に散々な目に遭っているのだろうと、これまで僅《わず》かに漏らされて気になっていた言葉から真弓はとても理解を深めた。

「俺、女性優位の社会が向いてる。きっと」

仕事内容はともかく、そういう頭がシンプルな男たちが虐げられる会社に勤めるべきだと、八角のおかげで大分方向性が定まる。

ジャイアンの存在を教えてくれた達也にも、真弓は感謝した。

「それはそうだね、きっと。働きやすいと思うよ」

「うん。就活前に気づいてよかった」

女性優位社会と思っただけでかなり絞れたと、やりたいことがないので消去法を多用する。

「就活か。もうそんな時期か」

「来年だよ」

遠いような目をする大河に、真弓は笑った。

ふと、大河の口元が何か言おうとして開いて、また閉じる。

「秀、浴衣いつまでも出してもらっててごめん」

どんな言葉を兄がしまい込んだのか真弓にはわかったが、気づかないふりをした。

大丈夫か。何か心配事があるのか。話してみろ。俺がなんとかしてやるから。俺が必ずおまえを守ってやるから。

「きれいだから、僕は眺めてるのが楽しいよ」

決められないで掛けたままにしてもらっている浴衣は、秀の言う通りどちらも本当にきれいだ。

天色は、兄が選んでくれた。青藍《せいらん》のスーツも、兄が選んだ。

きれいな青は、兄が弟に似合うようなきれいな色の中から、何より真弓を守るために一生懸命選んでくれている色だと、今言葉を閉じた大河に真弓は知った。

青いランドセル、小学校の入学式に着た、紺のスーツ。

人と違うと真弓が咎められないように、けれどきれいなものを纏ってそれを嬉しいと笑って育った真弓の心を、決して侮《あなど》られないように。

時には無骨でさえある兄が、難しい名前のついたきれいなきれいな色を、選んでくれてきたのだ。

「俺、あの天色の浴衣、すごく好きだ。きれいで」

ありがとうという言葉は兄と同じに呑み込んで、代わりに真弓は、そう大河に伝えた。

「そうか。よかった」

首を撫でられて尻尾《しっぽ》を振ったバースに手を振って、「いってきます」と真弓が家を出る。

「いってらっしゃい」

兄の恋人の声が、真弓を見送った。

心配を呑み込んでくれた兄は、もうとっくに自分ではない人のものだ。自分もまた、兄に守られるべき者ではなくなったように。

豆腐屋の方の狭い庭に回って、真弓は脚立を小さな倉庫にしまった。

「真弓ちゃん、お盆なのに部活かい」

子どもの頃から兄弟を見守ってくれている豆腐屋の女将が、窓から顔を出して笑ってくれた。

「うん。部活っていうか、マネージャー仕事」

毎日のように顔を合わせているから気づかなかったけれど、いつの間にか女将が大分老いたことに初めて気づく。

「すっかり大人になったねえ」

同じように真弓を思ってくれたのか、ふと、寂しそうな声でしみじみと女将は笑った。

喉元《のどもと》に石が塞《ふさ》がったようになって、すぐには真弓は声が出ない。

「うん。大人になったよ」

けれどその石はとてもあたたかだった。

「いってきます」

女将にも言って、段々と暑さを増していく往来に出る。

誰にも言えなかったけれど、真弓は夢を見た頃があった。

秀が訪れなかったという夢だ。目覚めると、そんな夢を見る自分に驚いて失望した。

夢の中の兄は自分一人の者で、自分だけを見てくれている。甘えで愛情で頼る気持ちだと、真弓はその夢を見るたび落ち込んだ。

「勇太は、俺に言えないような夢、見たりするかな」

自分にもこんな風に、誰にも知られたくない隠している寂しさがある。

きっと誰にだってあるし、もちろん勇太にもたくさんあるのだろう。

兄が自分だけのものだという夢をけれど最近見なくなったことに気づいて、真夏の陽射しが返る道を歩く真弓の爪先が、少し軽くなった。


盆を過ぎれば少しはましになるのかもしれないが、今年の夏は一際暑い。

初めて降り立った駅で他大学のマネージャーと練習試合の打ち合わせを終えて、まだ日の高い中真弓は慣れない道を歩いていた。

本校は都内にあるがその大学の軟式野球部は所沢《ところざわ》校舎を母体にしていて、竜頭町から所沢校舎までは何度も乗り換えて二時間近く掛かった。

「気温が違う気がする」

二時間も移動したせいかと思いながら、都内よりは自然が目に付く所沢の気温が違うのは、近くに大きな湖があるせいだと真弓は知らない。

公園だけでなく、家々には広くて花木が目立つ庭があって、竜頭町の住宅地も都内にしては田舎だと思っていたが雰囲気はまるで違った。

「きれいだなあ、百日紅《さるすべり》」

真っ赤な花をつけている百日紅の大木を、何か大きな施設の中に見つめて立ち止まる。

ちょっとした小旅行をした気持ちになれて、真弓はしばらく見慣れない花や緑に見入っていた。

随分古めかしいブロック塀には、カタツムリの殻が張り付いている。中身はどうなってしまったのか、薄い殻はそのまま乾いているだけだと一目でわかった。

「全てって」

カタツムリは雄であり雌であり、時には自家受精が可能であるというわけのわからない一般教養の講義を思い出す。

「……雌雄同体みたいなやつかな」

ということはカタツムリは父であり母であり、それはもう明信言うところの全てだろうからカタツムリになれたらいいのではないかと真弓は殻を見つめた。

「俺がカタツムリでも勇太は大丈夫かな」

一人で考えているのに、このことを考え過ぎているせいで本筋も主題も行方不明になる。

ついさっき軽くなったはずの心が、なんとカタツムリの殻のせいでまた動かなくなった。

「俺、こういうことで真剣に悩むのには向いてないかもしれない。限界がきてる！」

カタツムリも雌雄同体も飛躍し過ぎているし、だいたいその考えはいけないと親方に教えられていた。

けれど誰にも言えない夢と同じに、真弓は勇太の親になることもまた、望むことはある。

誰にも傷つけられず、誰にも捨てられず、大切に大切に勇太の幼い頃を守れたらと望んでしまう日はあった。

こうしてお互いが、見えなくなるときに。

「ねえ」

何処かで聞いたような女の声が掛けられるのに、真弓は施設の門の方を振り返った。

「もしかして、帯刀《おびなた》？」

確信しながら少し不安そうにこちらを見ているのは、同い年くらいのきれいな女の子だ。

見覚えはあるけれど誰だかわからずに、じっと顔を見て真弓はなんと言ったらいいのか考え込んだ。

向こうが知っていて覚えている様子なのに、こちらは名前も出て来ないのでは失礼だ。

「竜頭中学で一緒だった、中村縁《なかむらゆかり》です……」

思い出せない真弓に気づいて、水色のエプロン姿の中村縁が、気まずそうに名乗る。

「あ……」

フルネームを聞かされて、彼女が中学二年生のときに一瞬だけ両思いのような空気になった少女だと、真弓もはっきりと思い出した。

「……ごめん、あたしの顔なんてもう見たくないよね」

つきあったとはとても言えないが、学年で一番かわいいと言われていた中村とかなりいい雰囲気になった挙げ句あっさりと離れて行かれたことは、さすがに真弓もいい思い出ではない。

「何言ってんの。懐かしいよ」

けれどもう六年も前のことで、今更恨む気持ちは全くなかった。

「そんな風に笑ってくれるなんて」

はにかんで笑った顔は確かに美人で評判だった中村のままだったが、表情がまるで違うように思える。

だからすぐに思い出せなかったのだと、真弓は気づいた。

「あたし保育士になろうと思って、学校ここなんだ。所沢」

かわいい模様の入ったTシャツだけれど、デニムに水色のエプロンという姿も、化粧っ気も薄くまっすぐな髪を一つに纏《まと》めている姿も、十四歳の中村からは想像がつかないものだ。

「通ってるの？」

正直思い出すことはほとんどなかった中村だが、大学でたまに見かける合コンに熱心な女子大生のような姿が、真弓の中の中村縁の順当な今だった。

「無理無理。寮に入ってる」

「へえ、寮生活かあ」

親元を離れた上に盆休みもエプロンをしているのかと、真弓は自分の覚えている中村と目の前の女の子が全く一致しなかった。

「あ……今日はね、実習じゃなくて。なんていうのかな。お手伝い。お手伝いさせてもらってちょっとバイト料ももらって、勉強もさせてもらっちゃってる感じ」

「盆休みなのに実家帰らないの？」

エプロン姿を不思議そうに見たのは不躾《ぶしつけ》だったかと、すまなくなって真弓が髪を掻《か》く。

「お盆は普段がんばってる職員さん、せめて休ませてあげたいから。微力ながらお手伝い。親には悪いけど、でも応援してくれてるよ」

「そっか。がんばってんだね」

門に書かれた文字を読んで、園と書かれたここが少し特別な施設であることをなんとか真弓は理解した。

「うん。実習多くて、二年になったら。それであたし、帯刀のこと時々思い出してた」

「……俺？」

「会えたらいいなって思ってたから、なんか嘘みたい。地元じゃないのにここでばったり会うなんて」

お互いにいい思い出ではないと思っていたので、中村が自分を思い出していたということも会いたいと思ってくれたことも、真弓には理由がわからない。

「たまに、あのときのこと思い出して」

「あのときのこと?」

何故と尋ねるのも悪いと沈黙していたら中村が語り出したので、思わず真弓は訊き返してしまった。

「……帯刀、覚えてないの?」

驚いたように、中村は真弓を見上げている。

「え? ごめん、どのときのこと? 俺、なんか意地悪とかした?」

十四歳のときは同じ背丈だったのに、いつの間にか自分の方が目線が高くなっていることが、流れた時間を真弓に教えた。

「あたしがしたんだよ……忘れちゃったの?」

「意地悪を?」

自分もまた一人のジャイアンであったのかと慌てている真弓に、困ったように中村が笑う。

「駅に向かってたの?」

「うん。そこの大学の……あ、俺今軟式野球部のマネージャーやってて。それで練習試合の打ち合わせに来たんだ。俺はまだ地元、実家暮らし」

「へえ、帯刀が野球部ってなんか意外」

「よく言われる。でも中村もなんか、意外な感じだよ」

「うーん。保育士はねー、正直学校決めたときは軽い気持ちだった。子どもの頃からの夢みたいな感じで。よかったらちょっとだけ、話さない？　急いでた？」

明るくきれいな、覚えているより大分大人になった声で言って、中村は少し先にある公園を指差した。

「いや、もう帰るだけ。中村はいいの？」

「今休憩貰って、出てきたとこ」

手に持っていた小さなランチボックスを、中村が掲げてみせる。

「じゃあ少し」

思いもしない再会は、嬉しいというよりは戸惑いばかりが大きくて、無意識に「少し」と言って真弓は中村についていった。

「なんか飲み物持ってる？」

「もちろん。運動部員は逆にそういうとこ神経質。マネージャーだし」

八月の外気を気にしてくれた中村に、真弓が持ち歩いているペットボトルを見せる。

笑った中村と無言で少し歩いて、木の陰になっているベンチに二人で座った。

公園の時計は午後二時を指していて一番暑い時間だが、子ども連れの母親や小学生が公園内では遊んでいる。

「あたしだけごめん。そんなには時間なくて」

「いやいや。食べて食べて」

「いただきます！」

手を合わせて中村は、かわいい弁当箱を開けた。

中には自分で作ったのか、海苔《のり》や鮭《さけ》、卵焼きが入った簡単だけれどおいしそうな弁当が入っている。

「自分で作ったの？」

「うん。寮にキッチンあるの。学校の学食安いんだけど、冷凍庫もレンジも使えるから自分で作った方が安いからさ」

「へえ……すごいなあ」

真弓は大学があるときは学食の定食や、大学生協で売っているパンやおにぎりを食べていた。たまに秀や明信が時間のあるときに、真弓にも弁当を持たせてくれることがある。

「作り置きチンして詰めてるだけだよー」

学食は街中とは比べものにならないくらい安いので、更にそれ以上の節約のために自分で弁当をとは、一度も考えたことがなかった。

弁当の方が安いかもしれない発想さえなかったことを打ち明けるのには、久しぶりに再会した好きだった女の子はあまりにもしっかりしていて、悪びれないことの多い真弓にもさすがに恥ずかしい。

「……帯刀今、もしかして幸せ？」

「なんだよその質問」

勢いよく弁当を半分ほど食べて空腹が落ちついたらしき中村に問われて、水を口に入れた真弓は噎《む》せて前屈《まえかが》みになった。

「幸せなんじゃないかなあって、思って。それともそういう性格なのかな。よくないこと忘れるみたいな。ホントに覚えてないの？　あたし帯刀に酷かったのに」

「ごめん……ちょっと思い出せない。何のことだか教えてよ」

酷かったとまで言われて真弓は中二のときのことを真剣に考えたが、断片しか思い出せない。

小学校が別々だった中村は、一年生のときから評判の美人だった。今思えば昨日までみんなランドセルを背負っていたのに美人も何もないと思うが、中学生は恋をするものだと誰もが思い込んでいたのだ。

「すごい。ホントに全然覚えてないんだ？」

上級生も顔を見に来るようなかわいい中村と中二でクラスが同じになって、時々ぎこちなく話すようになって、真弓はそのとき有頂天だった。学年一モテる女の子が自分に積極的にアプローチしてくることが、得意だったのだ。

「めちゃくちゃ子どもだったことは思い出したよ今……恥ずかしくて死にそう」

仲のいいところを人に見られて気分がよかったし、中村に「竜頭町のお祭りってすごいんだってね。見に行っていい？　浴衣着てく」と言われたときにはみんなに自慢したかった。

「どうしよう死にたい」

「あたしも」

「え⁉　中村も⁉　なんで？」

独り言に同意されて、驚いて大きな声が出る。

「恥ずかしくてでしょ？　中学の頃のこと。あたしの方が全然死にたいよー。瞬間的に思い出して自分のこと殴るときあるもん」

「俺そこまでじゃないよ……」

自分のことを殴るような女の子だっただろうかと、真弓は昔好きだった女の子をまじまじと見つめた。

「あたし帯刀に謝りたいけど、帯刀忘れてるのに謝るのもなんかあれだね。自分のためだしそんなの」

「……なんか」

ため息を吐いた中村は、もう真弓の知っている十四歳の女の子ではない。

「一生懸命、がんばってんだね。学校とか、実習とか」

「どうして？」

「だって、俺は忘れちゃってるようなこと、でもなんか悪かったってそうやって思い出してくれてさ」

公園の中で遊んでいる小さな子どもたちを、過去の自分たちを思うように真弓は見た。

「全然子どもだったじゃん？　俺たち。子どもたち見てて、なんか思い出すんじゃないの？中村は」

「うん。すごいね、その通り」

実はそうだと中村が、観念したようにため息を吐く。

「前に誰かが……」

何かそういう言葉を聞いたことがあると、真弓は既視感を感じた。

「普通はやられたことばっかり覚えてるもんだって、言ってたよ。やったこと忘れられないなら」

それを言っていたのは、秀に出会う前の勇太をよく知っている、岸和田《きしわだ》から流れて来たヤスだった。

「強くなるんじゃないかなあ」

一年以上、ヤスの姿を見ていないと同時に気づく。見えるところに刺青《いれずみ》の入っているヤスは、勇太や真弓と一緒にいたら悪いと、当たり前のようによくそう言って笑っていた。

「近くにいる人が、そうなんだ。だからもう同じことしないって、がんばってる」

やったことを忘れられない勇太が不憫《ふびん》だと、ヤスは語ってくれた。

不憫で、だから幸せになって欲しいと思ってくれて、姿を見せなくなってしまったのかもしれない。

「強くなる?」

「うん。昔のことちゃんと覚えてて向き合えてたら、強くなれるんじゃない? なんかこう、よくないこととかもさ。乗り越えたりとかできるようになって」

「そっか。じゃあ覚えてていいのかな」

よくないことをと、心配そうに中村は真弓に訊いた。

「俺、中村みたいに自分のこと忘れられないその人のことすごく好きで。中村も本当に偉いと思うよ」

「帯刀はまるで菩薩のようね」

「え⁉ ナニソレ‼」

ちょうど今日天袋から観音菩薩を出して眺めたばかりの真弓は、やはり女の子は千里眼なのかと悲鳴が出る。

「だって。あたしが帯刀に言った酷いこと、全然覚えてないとか。菩薩のようよ。あたしは逆よー。したこともされたこともなんでもかんでも覚えてるし、そんな清々《すがすが》しく笑えないよ」

ネガティブな気持ちを語った中村の表情が、心のままに曇った。

「帯刀今、あたしのこと褒《ほ》めてくれたのかもしれないけど。最近よ、人間になったの」

「……人間じゃなかったの？　え？　いつの話？」

「中学、高校って、ホント人間前だったあたし。自分自分、自分のことばっかり。他人のことなんか全然思いやれなくて想像力もなくて。ゼロだよ、ゼロ！　もう最近は一つ思い出しては死にたい毎日よ」

自棄《やけ》のように弁当を食べ終えて心からの自己嫌悪とともに、中村が自分を語る。

「……あのさ」

言っていることがやっとわかって、真弓は尋ねたいことが生まれたけれど言葉が上手に見つけられなかった。

「なんで気づいたの？　それ」

興味よりはもっと、慎重で大切な気持ちで、恐る恐る問う。

「いや、中村がそんなだったたって俺思ってないけど。もし中村が言ってるみたいな感じなんだったらさ、中学とか高校のときとか」

案の定中村が酷く不安そうな顔をしたので、何か中村のそういう面を知っているわけではないと真弓は慌てて手を振った。

「なんて言ったらいいのかわかんないけど……中村、特別にかわいいじゃん。アイドルとかモデルみたいにかわいいよ。俺もこんなこと言いたくないけど、中村と仲良くしたいと思ったの中村がすごい美人だったからで。ホントごめん」

「中二だもん。あたしだって帯刀がかわいいから仲良くしようとしたんだよ」

そんなのは中学生のお互い様だと、中村が苦笑する。

「でも見た目って大きいとは思うし、中村そんだけかわいかったら周りはちやほやするだろうし。男子はやっぱり甘くはなっちゃうからさ、すっごいかわいい子に。中村、一生気づかないでもいられたんじゃないの？　その、今思い出してるって言う死にたい自分」

むしろ気づかずにそのまま何処までも生きていけたはずなのではと、真弓は中村が以前と変わったことではなく、過去をちゃんと顧みられていることが不思議だった。

何故そんなことができたのか知りたいのは、とても難しいことだと思うからで。

「……理由は帯刀が言ったまんまだよ。実習で子どもたち見てたらすぐ気づくよ」

まだ止まない後悔の中で毎日を過ごしている中村は、今は反省ばかりに苛《さいな》まれているようだった。

「学校生活の縮図だもん。あたしみたいな子がいて、我慢したり振り回されたりしてる子がいて。思いやりを持ってやさしくして、なんとかちゃんの気持ち考えてあげてって言いながら」

見ているることを語る中村の声が、泣いてしまいそうに細る。

「あ……あたしこんなだーって」

「そっか」

それ以上語らせたら酷だと、真弓はわかったと頷いた。

「やっぱりがんばってんじゃん。すごいね」

人は変われるということを知れる機会は、そんなには巡らない。

それが子どもの頃一時でも目が合った女の子だということは、自分にも幸運だと真弓は思った。

「あたし、男見る目なかったなあ」

「今彼氏いんの？」

称賛の意味でしかない言葉だとわかって、中村に尋ねる。

「うん。帯刀が今行ってきた大学の三年生」

「年上彼氏だ」

「帯刀は？」

「いるよ。大事な人」

教え合って二人は、まるで会うこともなかった時間がお互いにいいものであったことに、笑い合った。

「モテそうだもんね。やさしいし、かっこよくなったもん。逃した魚は大きいなあ」

同い年の女の子からの精一杯の言葉で、中村が真弓を褒めてくれる。

「……俺、これ、親しくない人に初めて言うんだけど」

何故だかふと、真弓は初めて、今まで抱いたことのない気持ちが湧いた。

「親しくないって、ごめん。でも」

不意に生まれた気持ちのせいで思いやりのない言葉を使ったとすぐに気づいて、慌てて謝る。

「でもそうだよ。何年ぶり？　会ったの。中二のときから口もきいてないし」

「だよね。そういう人に、初めて言うんだけど」

そうだ、同じクラスなのに夏祭りに来てくれたあと口もきいてないどころか目も合わせなくなったと、真弓もその気まずさを思い出した。

「俺も彼氏なんだ」

そんな風に心ごと離れていた女の子に、どうして打ち明けたくなったのかは自分でもよくわからない。

「え」

「ごめん。なんか、言いたくなった今。やだったらごめん」

「なんで謝るんだよ」

驚いた中村に独りよがりだったと気づいて謝った真弓に、強い声を中村は聞かせた。

「そんな大事な話、あたしなんかにしちゃ駄目だよ！」

困ったのではなく、中村が心配して叱《しか》ってくれたのが、真弓にも伝わる。

「中村だから、したくなった」

この女の子が昔一瞬でも好きな女の子だったことが、嬉しい幸運だと真弓は思えた。

「そういう女の子になったよ。俺も、逃した魚は大きいな」

大切な話を聞いて欲しい人になった女の子が、ほんの少しの間だったけれど好きだった。

粗末なことに思えていた思い出が、きれいに洗い直された思いがする。

「あの」

何か言おうとして、中村は顔を伏せた。

「ごめん、こんな、特別なこと聞いたみたいな……」

「涙？」

涙ぐんだことを中村が謝ったとわかって、それは確かに困ると真弓が苦笑する。

「信頼されたのが、嬉しかったのと」

涙のわけを、中村は打ち明けた。

「帯刀、幸せそうって思って。そんで」

「ありがと」

中村が自分で涙を拭《ぬぐ》うのを、見つめて礼を伝える。

「うん、俺もホントに幸せだから。中村も、毎日死にたいなんて言わないでよ」

「そうだね。がんばる！」

まだ空元気だけれど、背を張って明るい声を中村は聞かせてくれた。

「もうがんばってるよ。俺も……」

無理をしないでと言いたかったけれど、中村の毎日はきっとたくさんの無理とがんばりで今いっぱいなのだろう。

「がんばるね」

だから自分もがんばると、真弓は約束した。

「何を?」

「何をかなあ。今、彼氏とイマイチ上手く行ってないんだよね」

調子を変えて尋ねてくれた中村に、せっかくだからそんな愚痴を聞いてもらおうかと真弓が戯《おど》ける。

「よかったら聞くよ」

女友達らしい親身な声を、中村はくれた。

「うーん。でも、なんかわかんなくてさ。どうしたのって訊いても、全然答えてくんないし」

「あ、あたし無理かも」

「何が?」

不意に困った顔をした中村に、意味がわからず真弓が尋ねる。

「相談。だってあたしなんて彼氏がなんか不機嫌なのかなとか、連絡ないなとか思っても、どうしてなんて訊けないから」

「なんで？」

「怖いよ」

「え？　ＤＶ彼氏なの⁉」

怖いと教えられて、俄《にわか》に真弓は今も充分にきれいな中村が心配になった。

「違う違う！　やさしいよー。やさしいけど、だから余計怖い。なんかわかんないみたいなときに、どうしたのって訊くのすごく怖い。だって、わかんないんだよ？」

「うん」

なんとなくしかわからなかったが、とりあえずの相槌《あいづち》を打つ。

「別れようとか他に好きな人ができたんだとか言われちゃったらどうしようって思って、訊けないよう」

「そっか」

なるほどそういう怖さかと、説明されてようやく真弓は納得した。

「そこは考えないんだ」

「……うん。ごめん、それは考えない」

「そっかー、いいなー。そんなのちょーラブラブじゃん！」

「そうだね」

別れたい、他に好きな人ができたとは、今の勇太と真弓の間では生まれない疑念だ。

「逆にあたしになんか助言してよー、アドバイス」

「うーん」

両手を上げた中村の「怖い」の方がもっと怖いだろうと同情はして、真弓は真剣に考え込んだ。

「好きな人、どんな人だって思ってる？」

「今言ったまんま。やさしいよ。いいやつ」

「そしたらさ」

こめかみを掻いて真弓は、女の子をなるべく傷つけない言葉を一生懸命探す。

「どうしたのって訊けないのは……好きな人への」

けれど探してもやわらかい言い方は、見つからなかった。

「ごめん、ちょっときつい言葉になっちゃうかな」

「いいよ、はっきり言っちゃって！」

「信頼、裏切っちゃってるかも。彼氏の」

「……あたしが？」

はっきり言ってしまったらやはり中村が、傷ついたというよりはとても不安そうに瞳を揺らす。

「やさしくていいやつって信じてるんだよね？　でも、何より彼氏なんだから愛されてるって信じないと。疑いって、なんか」

言いながら、真弓はその言葉がそのまま自分の元に返ってくることに、すぐに気づいた。

「そっか」

言葉を選びながら説明しようとした真弓の言いたいことを、察しよく中村は理解する。

「怖くて訊けないなんてあたし。きっと……そんな人じゃないのに。あたしの好きな人」

そういう恋人の人となりを信頼していないのは自分だと、中村は自分を咎めた。

「本当にいい人なんだね」

信頼への裏切りだよと言われたらそうだと納得できる人とつきあっていることを知って、好きだった女の子の今に安堵《あんど》する。

「ちょっとー、帯刀ヤバイ！　ちょー大人の恋愛してない⁉　ありがと！」

礼とともに冷やかされ、大人の恋愛と言われて真弓は大きく怯《ひる》んだ。

「……違う。今自分がね」

言いながら全ての言葉が、自分に返ってきたのに。

真弓は四年分、勇太を愛して、勇太を知った。変わっていく様を本当に傍《かたわ》らにいて見てきた。

勇太という人は絶対に、真弓を不自由な檻《おり》に閉じ込めたりしたくない。絶対したくない。それが勇太なのに。

「今、中村の話聞きながら……俺が彼氏裏切ってるって思った」

人の気持ちはよく見えるものなのにと、明信も言っていた。自分の気持ちはこんなにも見失うのに。

真弓が勝手に、入りたくて檻に入っている。

勇太はそんなことを少しも望まないから、決して理由を言わないし、どちらの浴衣も指差さない。

恋人が決して望まないことを察しようとして、恋人の愛情を、裏切っていたのかもしれない。

「愛しすぎるとそうなっちゃうとき、あるね。俺は今、なってる。でも俺の彼氏もそんなことして欲しい人じゃないって思い出せたよ。中村のおかげで」

勇太が言わないことを、訊くことも気にすることも、もうやめにしようと、真弓は息を吐いた。乞われてもいないのに立て籠《こ》もろうとした檻から、自分の足で出なくてはならない。

これからは自分が本当にどうしたいか、そのことだけ、ようやく今から考えようと真弓は決めた。それを決めるのは、ずっと怖いことだったのかもしれない。卒業したからだと、明信が言葉にして教えてくれた。

秀の部屋で風を通したままの浴衣はやはり、どちらもとてもきれいだ。

姉が与えてくれた美しいということ、兄が弟を守ろうとしてくれた気持ち、秀が真弓を思って寝ないで縫ってくれた藍色の花も、全てきれいだ。

ゆっくりと一つ一つ、よく見て、この手で取って歩きたい。

「愛しすぎるとか、言えちゃうのすごい」

あたしそろそろ行かなきゃと、中村はいつの間にかすっかり食べ終えた弁当箱をしまった。

「また喋《しゃべ》りたいな」

「うん。あたしも」

「驚くね、なんか」

「こんなことあるんだね」

二人でベンチから立ち上がって中村が言った「こんなこと」には、一言では表せない色んなことが詰まっている。

「あ」

今中村に聞かせられた声が少しだけ少女のように幼く響いて、彼女が気にしているのだろう一言を、真弓はようやく思い出した。

――かわいい通り越して、男の子なのか女の子なのかわかんないよ。あれじゃあ。てゆーかまるきり女の子じゃない。ちょっと萎《な》えた。

紺色に花模様の浴衣姿の、その尖《とが》った後ろ姿を覚えている。赤い帯や黄色い帯の、似たような浴衣の似たような容姿の女子と一緒に、中村は真弓に気づかず離れて行ったはずだ。

聞こえていたことに気づいていたのは、今日初めて知った。

あの夏祭りの日は女官最後の日で、二か月口をきいてくれなかった達也が工業高校の生徒と神社で殴り合いの大喧嘩《おおげんか》になった。庇《かば》った真弓は灯籠《とうろう》の下敷きになって怪我をして、駆けつけた大河が達也を殴ったことが真弓にはとても怖くて辛かった。

祭りの日は夜も開けている藪《やぶ》医院まで達也の自転車の荷台に乗って運ばれて、達也が後悔でボロボロ泣いているのにつられて泣かないように必死だった。

仲直りをした達也と、花火に行く約束をした。

「駅わかる？　……どうしたの？」

施設に戻る前に確認しようとした中村を、覚えず真弓はじっと見つめていた。

声が聞こえたら、そのときの気持ちは蘇《よみがえ》って、中村が気にしてくれた理由はよくわかった。けれどあの時は確かにあんなに傷ついたのに、自分は達也のことの方が大きくて中村のことはすっかりどうでもよくなってしまって、中村は今も忘れられないでいる。

同じ日に間違いなく在った同じ出来事なのに、思ったことも記憶もまるで違う。

「明日にしか行けないんだなって、思った」

昨日には戻れないどころか、感情や、出来事でさえ時が経てばこうして不確かになる。

「中村、めちゃくちゃいい女になったよ」

あの冷たい声の少女がこんな風に今を歩いていることは、明日にしか行けないことへの大きな希望に、真弓には思えた。

「なんか心配ごとでもあんのか」

夏祭りの直前、もう眠るだけの状態でテレビを点《つ》けている花屋の二階で、自分を見てため息を吐《つ》いた明信《あきのぶ》に龍《りゅう》は尋ねた。

「……ううん」

笛の稽古《けいこ》をしているときに纏《まと》いながら見せまいとする憂鬱《ゆううつ》とは違って、今日の明信ははっきりした気鬱を持っている。

「ううんって顔じゃねえぞ」

本当は店を手伝ってもらっているときからずっと気になっていたが、今初めて龍は尋ねた。訊《き》けなかったのは、「どうした」の答えが見えない気がしたからだ。

まるで違う人間だと知っていて、龍は明信と向き合っているつもりでいた。けれど自分が思っているよりもっと大きく違うのかもしれないと気づいて、どうしたと尋ねるのが少し、怖くなった。

「心配事は……本当はある」

思い切ってというように、もうきれいに敷いた夏布団の上で明信が膝《ひざ》を抱えるのに、龍が身構える。

「ここのところ真弓《まゆみ》が悩んでて、相談に乗ってみたんだけど」

「真弓の心配か」

「そうじゃないんだ。真弓は多分、大丈夫。それにいつの間にか僕の方が、真弓に相談してたよ」

答えを急いだ龍に、明信は苦笑して教えた。

「あんなガキんちょにか」

「侮《あなど》れないよ。真弓の方が僕より大人のところもある」

「どの辺だ？」

まだどうしても幼いイメージが抜けない真弓が恋人より大人だと言われても、龍の方は俄《にわか》には信じられない。

「……恋愛とか……」

Tシャツにパジャマの下を穿《は》いた明信は俯《うつむ》いて、酷《ひど》く小さな声で呟《つぶや》いた。

「そんなに羞《は》じらうなよ！」

恋愛と言われたら相手は自分だろうと、見ている龍も恥ずかしくなる。

「僕なんて本当は迷いっぱなし」

「けどおまえは、肝心なことは迷わねえだろ？　勉強とか」

軽い声で顔を上げた明信に、龍の方は軽くはなく尋ねた。

「それはね。でもそれだけだよ、はっきり決められることなんて」

なんでも譲ってしまう、なんでも我慢してしまう明信に、それでも自分との間には黙って引いていることは少ないと龍は信じたい。

「……あとは黙って、呑み込むのか？」

「龍ちゃん……？」

真摯《しんし》に問い掛けられて、明信には龍が今何を求めているのか残念ながら摑《つか》めはしなかった。

「龍ちゃん」

摑めなかったので、問われた通りこの場で気持ちを塞《ふさ》いでいたことを打ち明けようと、口を開く。

「僕は、大学には在籍していたいけど」

真弓と話したあと明信は、とある不安で若干おかしくなっていた。

「それでもやっぱり命って大切なもので、何よりも」

「なんの話だいきなり……」

できるならどんなことでも耐えないでいて欲しいと願っていた龍だったが、それでも与えられた言葉の素《す》っ頓狂《とんきょう》さには大きな困惑に陥る。

「よく考えたんだけど。何もかもを捨てて駆け落ちするしかないんじゃないかなって思う」

「誰と誰が」

「僕と龍ちゃん」

眼鏡の奥の瞳が変に据わっていることに、ようやく龍は気がついた。

「なんで駆け落ちするんだ」

「命より大切なものはないから」

「何をよく考えたのか一からちゃんと話せ……」

何かとち狂うことがあったのだと察して、洗って乾かさないまま下ろした髪を龍が掻《か》き上げる。

それを語ろうとして、明信は涙ぐんだ。

「な、泣くなよ！」

しかし一から話されたら自分も泣きたくなるということを、この時龍はまだ全くわかっていなかったのであった。

「……真弓が、志麻《しま》姉が帰ってきたらすぐ三秒で勇太《ゆうた》くんをこう擁護《ようご》するというのを聞いて」

「……志麻、帰ってくんのか……」

志麻が帰ると聞いただけで、龍も充分震え上がることができる。

「ううん。帰ってきたら、三秒でこう言って勇太くんを守るって決めてるって聞かされたんだ。

僕はその三秒に既に出遅れてる上に、真弓が考えついた言葉は志麻姉に女物を着せられて育った真弓にしか使えない言葉で……」

言われて、いつだったか真弓が「そのせいで学校でいじめにあったのを勇太が助けてくれて」というような言い訳を志麻にすると言っていたのを、龍もはっきりと思い出した。

「僕は、三秒も与えられない。三秒もあったら……」

「だがその三秒は、志麻は真弓の話を聞いているわけで」

その間に逃げると言おうとして、いや、真弓の話を聞きながらでも志麻なら三秒で自分を惨殺することも可能だろうと、龍にも明信の震える理由がよくわかる。

何しろ志麻は同い年の同級生で、一番多感で悪い時期を一緒に暴れた要らぬ経験を龍は持っていた。

三秒もいらないだろうという絶望とともに、あきらめが降りてくる。

「駆け落ちか」

古風な言葉だが、確かに自分が明信とともに在りながら助かるすべは、他にはないだろうとは龍にも思えた。

だが明信がずっと真剣に唯一人に譲らず向き合って来た、自分にはわからないけれど大切なという言葉では済まないのだろう学問を、龍は己の命がかかっているとわかっていても捨てさせようとは少しも思わない。

「何処に逃げる?」

だからこれは、ただの言葉遊びで明信に訊いた。

「志麻姉の手が届かないところ」

「おまえは何処に逃げたい」

「え……? うーん。網走《あばしり》とか……?」

人は逃げるというと網走なのか、それとも幻想の作家だった阿蘇芳秀《あすおうしゅう》の実体が四年間同じ屋根の下にいたことで明信は悪影響を受けたのか、北の大地の果てを口にする。

「地球の裏側で好きにいなくなったりするような志麻だぞ? 網走なんて、花やしき感覚じゃねえのか」

「……あ」

ああ、と明信は、逃げても意味はないと思い知って悲嘆に暮れた。

逃げ場さえないと本気で落とした明信の肩を、笑って龍はそっと抱いた。

きっと命に近い存在の学問も捨てて龍と駆け落ちをと、明信は真剣に考えた。

真弓との会話から、想像したのだろう。惨殺はされないまでも、龍が志麻に受ける防ぎようのない暴力を。

「考えてもしょうがねえよ、今を楽しもうぜ。志麻は災害や事故と同じだ。身構えても防御できる限界がある」

事実でしかないことを告げて、「忘れろ」と龍は明信の髪をくしゃくしゃにした。

言われたら納得して理性が戻ったのか、明信が大きく息を吐く。今考えても仕方のないことを、忘れるのは無理だが明信はなんとか胸にしまった。

「夏祭り、目の前だな」

「うん。楽しみだね」

笑いかけると、顔を上げて曇りなく明信が笑い返す。

嘘《うそ》を見せない、きれいな笑顔を龍はじっと見つめた。

「俺がすごく楽しみにしてたの、知ってたか」

わかっていて見てみても、その明信の嘘は見抜けない。

「？　知ってるよ。龍ちゃんだけじゃないよ。うちの人たちも、町内のみんなも。竜頭町《りゅうずちょう》の人はみんな、夏祭りが大好きじゃない」

自分もはしゃぐと、明信は声さえ少し弾ませた。

「小学校も中学校も、近くの高校も登校日が終わる前にみんな飛び出すくらいだよ」

みんな、と、明信は言う。

「だいたいいつも登校日だったな」

そのみんなの中に、自分は入っていないのに。

「羽目を外さないように、注意喚起するためでしょ。無駄かもしれないけど、しないよりはね」

「いつも走って学校、駆け出したっけなあ……」

自分には遠い、小中学生の頃を龍が思い出す。

「おまえは？」

心が浮き足立ち、ただ興奮と高揚しかなく、楽しみでない者がいることなど、なんなら龍は今まで考えたこともなかった。

「僕は、いつも走らないし」

少し、困ったように明信が首を傾ける。

「笛を、持ってるから」

黙って譲りたいけれど、嘘も、明信には負担なのだ。

自分がただ楽しい夏祭りが、きっと明信には幼い頃からずっと怖い日だ。恐ろしい日で、何事もなく早く終わって欲しいと祈る日なのだろう。

けれど明信は、みんなが楽しんでいることに決して水を差さないし、一つになっている輪を乱さない。

「なあ、明」

夏なのに冷たい明信の眼鏡の縁に、龍は触れた。

「触ってもいいか？」

「？　……うん」

どうしてそんなことを今更訊くのかと、不思議そうに明信が微笑《ほほえ》む。

「抱いてもいいか」

眼鏡を外していつもの置き場所になっている枕元に置いて、頬《ほお》を抱いて龍は問い掛けた。

「どうしたの……？　龍ちゃん」

「俺、こんなこと初めて訊いた」

「……そうかも。本当にどうしたの？」

何が不安なのかと、逆に明信の瞳が龍を深く案じる。

「おまえにだけじゃなくて、人にだよ。初めて訊いた」

「どういうこと？」

説明をするつもりは、龍にはなかった。

初めてこうして抱き合った晩は、抱き合ったのではなく、龍が明信を抱いた。今思えば龍はわかっていなかったが、明信は強《したた》かに酔っていてその上心が弱り切って、記憶も曖昧《あいまい》だ。

――つい。

そのときの気持ちを、龍は言葉足らずに明信に教えた。

他人と抱き合うことが初めてだったという明信は、それで納得したように見えた。

「本当に嫌じゃねえのか？」

十代だった頃、龍は名前も覚えていないような女も抱いたことがある。正確な人数も自分でわかっていない。抱いてやったら、女は悦《よろこ》ぶものだと疑っていなかったが、その女たちの中にも本意ではなく強引さに流された者もいたかもしれない。

きっと、いただろう。考えもしなかったけれど。

そういう自分をこんなにも悔いる日が来ることを、少年だった龍は少しもわかっていなかった。

怖がらせて泣かせた女がいたのなら、他にできることは何も思いつかないがただ謝りたい。

「おまえがもし、怖かったり嫌だったりするなら」

それに男である明信にはもしかしたら、男に抱かれて体を侵され、自分の制御が利かなくなることはもっと恐ろしいことかもしれない。

暴力と同じに。

「俺は、一生ただ手を繋《つな》いで生きることも考えるぞ」

難しいけれど、声にした龍は本気だった。

「龍ちゃん」

初めてそんなことを申し出た龍が、いつもと違う気持ちにいることを、明信は心配している。

「本当にどうしたの。そんなこと、あるわけないよ」

「だけど」

「そんな気持ちで、僕がこんなことできると思う？」

怖《お》ず怖《お》ずと明信は、自分から龍の唇に、長いキスをした。

「僕だよ」

無理に決まってると、明信が少し戯《おど》けて笑う。

「……そうだな」

言葉を受け入れたように笑んで、今度は龍の方からくちづけた。

深まるくちづけにこぼれる吐息、背中にしがみつく明信の指の強さ。

一つ一つの反応を、心を研ぎ澄ませて龍は慎重に、必死に感じた。

どんなに夏祭りが怖くても、みんなの楽しみに決して水を差したくないということが、楽しみだと笑って見せる明信の大きな望みだ。

それなら、自分に否と言わないことも、そのことと同じだとしたらと考えてしまう。

――僕がこんなことできると思う？

人と体を交えることの重さ、受ける衝撃も傷ついたときの深さも、明信に生じることは龍の想像など及ばない。

くちづけて夏布団の上に明信の体を寝かせて、髪を撫《な》で表情を龍はよく見つめた。

「どうしたの、龍ちゃん」

いつもの龍じゃないことに、明信は強い不安を感じている。

「俺はおまえが、本当に大事だ」

そう告げることが精一杯で、何か子どものように思えて罪悪感を煽《あお》られるうなじに、龍は唇を落とした。

「……灯《あか》り、消して」

いつまでも明信は、それを求める。

「ああ、ごめん」

乞われるまますぐに、手を伸ばして龍は部屋の灯りを消した。

外からの街灯の灯が差し込むのに、明信を探しながらゆっくりと肌を解く。

本当は、灯りの下で明信の顔を、龍は見ていたかった。表情を追って、本当に怖くないのか確かめたかった。

「……ん……」

けれど顔を見ても龍には、明信の夏祭りへの思いにこの夏まで気づくことができなかったのだ。だから見なくてもわからないのは同じだと、思い直す。

信じるしかない。言葉ではなく、お互いの間にある愛情を。

本当の気持ちなどわかりはしないのは誰でも同じなのだと、恋人を深く抱いた腕で今日、龍は初めて思い知った。

思いがけず中村縁《なかむらゆかり》と再会して、真弓は一歩前に進めた思いがして、夕暮れの中山車《だし》倉への道を歩いていた。

すっかり忘れていたがあの冷たい言葉をくれた少女に助けられる未来があるとは、もちろん想像もしたこともない。中村のこと自体、真弓はほとんど思い出す日もなかった。

「……一歩進んだものの、結局どうするのか何も決めてないけど」

明後日にはもう、夏祭り本番当日だ。

引きたいのならその日に引いたらいいようなことだと、丈《じょう》は言っていた。

「浴衣もずっと、風を通したまんまだ」

きれいで気持ちがいいよと秀は笑ってくれるけれど、勇太の気持ちを疑わずに自分で歩き出そうと決めたばかりなので、心は何一つ定まらない。

「今年は結構町会、顔出すんだな」

後ろからよく知った声を掛けられて、誰なのか確かめる必要もなく真弓は立ち止まった。

「そうだね。毎年あんまり行ってなかった、お祭りの前の集まり。今年もでも、これでやっと三回目かな?」

隣に並んだ達也《たつや》に、そんなには行っていないと真弓が教える。

「別にもう、士気は下がんねえぞ」

もう浮き足立っているのだろう達也は、けれどいつもと同じにやる気のない様子で肩を竦《すく》めた。

「ごめんそれもういい、ジャイアン。入りにくいのは入りにくいよ、しょうがないじゃん」

気に掛けてくれた達也に、真弓は笑う。

「中村縁覚えてる?」

山車倉は神社の近くにあって、商店街を通り抜けながら西日の強さに目を伏せて二人で並んで歩いた。

「ああ、もちろん」

すぐに反応を返した達也に驚いて、いつでもぼんやりして見える幼なじみを真弓が見上げる。

「達ちゃん」

中二の夏祭りの日、心ない中村の言葉を確かに真弓は聞いてしまったけれど、遠ざかる浴衣の後ろ姿を思い出すとそれが気づかれていたとはやはり思えなかった。

後を追って中村を咎《とが》めようとしたのは、いつもこうして傍《かたわ》らにいてくれたやる気のない幼なじみだ。

「……ばか。でもありがと」

　きっとあの後達也は、中村に言ったのだろう。真弓が聞いていたこと、傷ついていたこと、それを責めたのだ。

「なんだよそれ」

「俺は忘れてたよ、全然。でも思い出した。中村がお祭り見に来るって言ったから、女官の衣装着たくなかったんだった。あのとき」

「ああ。あいつめちゃくちゃかわいかったからな」

　自分よりも詳細を覚えている幼なじみは、自分よりずっとあのとき中村に怒ったのだと、今更真弓が知る。

「だけどそれって、自分なさ過ぎじゃない？　俺」

「そんなん普通だろ」

「しかも俺、あのときのことって達ちゃんのことしか覚えてないんだよね。そっちの方が大事で、中村のことなんかすっかり忘れてた。達ちゃん二か月も口きいてくんなくてわけわかんなくて、工業のとんでもないいかついどヤンキー三人と神社で殴り合い始めて。殺されちゃうかと思ったよ」

　もっと忘れられないのは自転車の荷台で見た涙だが、そのことは心の隅にしまい込んだ。

「今更俺をときめかそうと言うのかおまえは」

「ときめかないでしょー」

やる気がないままふざけたことを言った達也に、そんな馬鹿なと真弓が笑う。

「それはおまえ」

まるで真に受けない真弓に、達也は不意に真顔になった。

「ときめかないよ。でもそれは、おまえのことかわいいと思ってたガキの頃の気持ちが死んだからじゃねえぞ。俺の場合、多分」

「……そうなの？」

そんな風に軽くも甘くも見るなと、達也にしては珍しく真面目に怒っていると気づいて、真弓の声が小さくなる。

「そうだよ。勇太が四年前、この町に来て」

初めて勇太の顔を見たのは自分は夏祭りの日だったと、達也は思い出していた。

「いつの間にか友達になって」

転校してきた勇太と高校で同じクラスになって、そんな話を勇太としたことはないけれど、もしかしたら今ではお互いが一番の友人なのかもしれないと達也は思う。

「おまえは大事な幼なじみで、あいつは大事な友達だ。俺には」

そういうことを言葉にするのは得手ではないのに、達也は真弓と勇太のために、教えてくれた。

「おまえには勇太がいて、勇太はそれでああやってなんとかやってる」

やれていなかったら勇太がどうなっていたのか、以前の勇太がどんな風に生きて来たのかは、達也は言葉にしない。

「そんな勇太を俺は絶対、追い込むようなこと二度と、一つもしたくねえから」

言い聞かせられて、軽薄な言い方を真弓は既に悔やんでいた。

「だからおまえにはときめかねえんだよ」

「……そっか。そうだった」

ありがとうと、呟く真弓の声が細く掠《かす》れてしまう。

一度自分が勇太を追い詰めたのだと、いつまでもそれを達也が楔《くさび》に思っていることも知った。

「なんか」

勇太が現れて、突然達也も自分も、今のような気持ちになったわけではない。

「四年って、短くないね」

一日一日、一つ一ついろんなことがあって、少しずつ変わって今日が訪れた。

「そうだな」

もういつもの顔で、達也がやる気なく笑う。

「色々変わる。俺も変わって」

勇太が現れたことだけでなく、そうして日々それぞれが変わって、昨日思えたようには思えず、昨日ふざけたようには今日はもうふざけられない。

今達也もまた、それを教えてくれた。

「お祭りのことで、浴衣のことまでわかんなくなってたんだけど。男物着たいのか女物着たいのか。自分で決めてたのか」

「うん」

うんとだけ言った達也は、どう見えていたのかも、どうしたらいいと思うのかも一言も言わない。

「明ちゃんと話しながら、子どもの頃自分がどう思ってたかなんか、考えてもしょうがないかなっては思ったよ。確かめようもないし」

「そうだな。俺なんか思い出すたび違うぞ。記憶なんて、自分のことでもテキトーだ」

「そんなもんだよねえ」

最後の女官を務めた大きな事件があったとも言える中二の夏祭りの記憶も、真弓にも、達也にも、中村にもそれぞれ全く違うものだ。

時が経って記憶も更に不確かになってしまえば、過去を振り返ってそのことを考えても本当に仕方ないと思える。

「おまえは細かいことをいちいち全部記憶貯蔵庫に入れてるって、俺彼氏に忠告しといたぞ」

「え？　勇太に？　てゆうか、達ちゃんと勇太は覚えないって酷くない？」

「だってジャイアンだもの」

「もー」

居直った達也に笑って、ふと、けれど勇太も本当にそうだろうかと真弓は恋人を思った。

確かに達也の言う通り、何気ない一言を考えなしに言って忘れてしまうようなところは、勇太も達也も同じだ。今まで真弓が細やかに気にしてきた他の男子たちとも、それは勇太も同じなのだろう。

けれど真弓が中村に聞かせた、自分の身近な人の心は違う。

——前に誰かが……普通はやられたことばっかり覚えてるもんだって、言ってたよ。やったこと忘れられないなら、強くなるんじゃないかなあ。近くにいる人が、そうなんだ。だからもう同じことしないって、がんばってる。

過去を悔やんで変わろうとしている中村に勇太を思い出して、恋人とは言わずにそう語った。

自分とも達也とも、勇太の過去の負債の記憶は全く違う。

——勇太は、何か重たいもんを贖《あがな》いたがってる人間だ。

贖うという難しい言葉で、勇太を教えてくれたのは山下《やました》の親方だった。

生きてきた道に罪だと思うことがあって、それを償いたいと心に刻んでいると、真弓は親方に解かれた。

そうして刻まれた一つ一つの罪や罰の痛みが、とてもはっきりとした記憶なのではないだろうかと思うと、それは真弓が思うようなものとはきっと違う。

真弓にも痛くて苦い記憶はある。形になって背中に刻まれている。けれどずっと家族の愛情の中に真弓はいて、そこから出た日は一日もなかった。

足りないということ。

同じ家族であるはずの兄が言ったその言葉も、真弓自身は自分のこととして実感していない。

「……だから、勇太の幸せのことは特別だ。俺」

勇太は、真弓が寄り添っても寄り添っても決して想像できないほど、最初から足りない。

そのことは終わらないのかもしれないと兄は言ったが、確かに真弓は勇太が足りないということが完全に終わるところを見てはいない。今も。

山車倉が近づいて、勇太のための檻《おり》に入ろうとした気持ちは特別に強い気持ちだと、真弓ははっきりと自覚した。

「行かないのか?」

山車倉の手前で立ち止まった真弓に、「どうした」と達也が問う。

「うん……ちょっと、用事思い出した」

嘘を吐いて、真弓は達也に手を振った。

肩を竦めて、達也は慣れた様子で山車倉に入って行く。

誰のためにでも、真弓は檻に入るわけではない。

恋人だというだけでなく、勇太は特別な「足りないということ」を歩いて来た人だ。だから真弓は勇太の心を見失うと、こんなにも不安になる。

何もわからないうちはやはりそこに近づくのをやめようとした真弓の視界に、山車倉に向かっている勇太の姿が映る。

山下仏具からまっすぐにここに来たのだろう。

自分と待ち合わせているのでもなく、一緒にいるのでもなく。

こうして遠目に見る勇太は、驚くほど知らない男の人だった。

黒いTシャツにデニムを穿いて金髪を一つに結っている姿は、真弓には見慣れた勇太のはずなのに、そう見える。

真夏の夕方の埃《ほこり》まじりの風が、勇太はとても気持ちがよさそうだ。

「……勇太？」

達也と同じようなやる気のない挨拶《あいさつ》をしながら、やはり慣れた様子で山車倉に入っていく勇太は、真弓の目には大きな違和感があった。

自分のいない、その場にいる勇太を見たら、もしかしたら何かわかるのかもしれない。

けれどそれを勇太は知って欲しいだろうか。

迷いながら、真弓は山車倉に近づいた。知らなければ、勇太の足りなさを満たすことはできない。

中に誰かがいるときは風を入れるために、入り口はいつも半分開いている。

背の高い引き戸のそばにそっと立って、息を吞《の》んで真弓は倉の中を見つめた。

囃子《はやし》隊は今日はもう解散したようで、祭り目前だから本格的な事務方は逆にここにいない。今倉に集まっているのは、祭りを楽しみにしながら暇を持て余しているだけの、若い衆だ。

勇太は山車に寄り掛かっていて、戸口の真弓から表情ははっきり見えない。

「おまえ、そしたらいつまでも下働きのまんまじゃねえかよ」

仏具屋の広二《こうじ》が、座ったまま勇太の臑《すね》を蹴《け》った。

「まだ二年目やで？　下も入ってけえへんのに焦ってもしゃあないわ」

軽い声で勇太が、広二の足を蹴り返す。

「入って来るかよー、今時職人が」

仕事も職人も減っているという左官屋を継いだ一雄《かずお》が、広二の隣で肩を竦めた。

「だいたいおまえ、ホントは二年目じゃねえじゃん。高校んときから親方んとこ出入りしてただろ。はー、物好きだなあ。あんなおっかねえじいさんに弟子入りするとか、意味わかんねえ」

仏具屋の息子なので山下仏具の職人事情は知っていたのか、広二がまた勇太の足を蹴る。

「うちの親方、そないにゆうなや」

「おっかなくねえのかよ。おまえ」

見えないところに座っているのだろう達也の声が、真弓の所にも届いた。

「そらあ……」

「こええんじゃねえかよ！」

口籠《くちご》もった勇太を、揶揄《からか》って広二が大きく笑う。

「うっさいわ！　そんなんゆうとったら俺が将来立派な職人になっても、おまえの仕事は一切引き受けへんで‼」

言い返した勇太は、まるで本気ではないと真弓にもわかった。

みんな、ふざけているだけだ。他愛のない会話、特に意味もない言葉を投げ合って。

「へえ、おまえが立派な職人にねえ。いつの話だよ」

「そんとき後悔しても知らんからな！」

笑って、勇太は広二の首を右手で絞めに掛かった。

「……っ、おいっ、ギブギブ！」

まるで、知らない男の子のようだ。

ごく普通の男の子のように、勇太は真弓の目の前で笑っていた。

「何十年後か知らねえけどおまえが親方になって、後悔したら謝ってやるよ！　そんときは土下座して頼んでやるさ」

「そんときはみんなじじいだなあ」

揉《も》み合っている勇太と広二に迷惑そうにして、一雄が肩を竦める。

子どもの頃からこの町で育った普通の男の子のような、何も足りなくない勇太が、倉の中にはいた。

「……行かなきゃ」

絶対に今勇太に見られてはいけないと、心臓が早鐘のように打って、真弓は息もできずにそこを離れようとした。

けれど駆け出そうとした瞬間、広二と揉み合ったせいでこちらを見た勇太と、しっかり目が合ってしまう。

「……っ……」

なかったことにできないだろうかと、ただ真弓は走り出した。

いつでも、いいことも悪いことも見てきた神社に向かって、もう薄暗くなり始めた往来をひたすらに駆ける。

何も見えず何も聞こえないほど焦っていた真弓の手首を、不意に力強い手が摑んだ。

真弓は振り返りたくない。

どんな顔をしてあげたらいいのか、まるでわからない。

「……俺、今さっき、倉に来たところで。ホントに、今」

だから何も見ていないと、腕を摑んでいる勇太に背を向けたまま、精一杯真弓は声を張った。

勇太は何も言わない。

そのまま勇太は真弓の手を引いて、神社の境内に入った。

二人には初めてキスをして、酷い痛みも分け合った回廊に、勇太に促されて真弓は座った。

目を見ることができない。

何もわからないままでは勇太を足りさせてやることができないという思いから、逆に真弓は、今間違えると足りている勇太から大切なものを奪ってしまうかもしれない。

「気いついたんやろ？」

「……何、を？」

明るい声で気づいていないふりを、真弓はしたかった。

「俺が、なんでおまえに山車、引いて欲しないて思うてまうんか」

力のない声を聞かせる勇太も、真弓の顔を見られない。

「俺」

なんとか真弓は、声を絞り出した。

「夏祭り自分がどうするのかは自分で考えて決めるけど、勇太はもう考えないでよ」

一息に、自分の望みを勇太に伝える。

「そんなこと考えないでよ。うちも」

真弓には足が遠のいていた竜頭町三丁目の町会に、知らない間に勇太は、馴染《なじ》んでいた。

「三丁目も、もう」

生まれたときからこの町にいた幼なじみたちといるように、ごく普通に生まれ育ってきた男の子のように、仲間たちとなんでもない会話をしてふざけ合って笑って。

「ここは勇太の町で、うちは勇太の家なんだよ……？」

勇太は、そういう嘘を吐いていると、何処かで思っている。

自分がここで幸福に育って、なんの贖いも必要なく、罪も罰も遠い当たり前の男の子のふりをしていると、心の何処かでまだ疑っている。

「真弓……」

名前を呼ばれて、真弓は涙で前が見えなくなっていることに気づいた。

「あれ？　……ごめん、俺泣くつもりなんかじゃ」

普通の男の子でいられる自分を惜しんで、そういうふりをしている真弓に知られることを、勇太は恐れて恥じていたのだ。

「俺……っ」

涙は止まず何も見えはしなかったけれど、勇太を見つけなくてはと真弓は顔を上げた。

「ごめん勇太、俺怒ってる！」

捕まえなければもしかしたら勇太はまた、駆け出していなくなってしまう人だ。幼い頃に刻まれた傷は、きっと癒《い》える日は来ない。

兄が言った通り、その日が来ることはないのだ。

「すごい怒ってる‼　だって……っ」

強く、真弓は勇太の腕を掴んだ。

「勇太がまだ不安なことに怒ってる。悔しいし悲しいし……どっかにまた行っちゃうんじゃないかって怖くて堪《たま》らない！」

自分の胸にある勇太への思いと不安を、何もかも真弓が打ち明ける。

「ほんまに、ごめん……俺」

「俺ね、昨日中学のとき好きだった女の子に会って」

「は？」

今勇太に何か言葉を尽くさせるつもりはなく、真弓は勇太の謝罪を断ち切った。

「ばったり会って、彼氏の話聞いて。俺も勇太の話した。好きな人の気持ち信じないとって、どんな人なのか信じないとってそんな話して……俺も勇太のこと信じて勇太の気持ち考えたり訊いたりするのもうやめようって決めたけど、全然やめないから！」

思い切り宣言した真弓に、ただ勇太は気圧《けお》されている。

「そんな気持ち隠してるなんて、そんな気持ちに勇太が一人で耐えてるなんて俺無理‼」

両手で、放さないと教えるように真弓は勇太の胸にしがみついた。

「不安なら言ってくれなきゃやだ……っ」

辛《つら》いのは勇太の方だとわかっているのに、その胸に縋《すが》って真弓が声を上げて泣く。

「ごめんな。真弓」

ようやく、勇太の両手が怖ず怖ずと真弓を抱いた。

「俺」

弱々しく、勇太がなんとか声を紡ぐ。

「まだ弱いんやな」

「違うよ……泣いてるの俺だもん」

大きな息を吐いた勇太に、真弓は首を振った。

背の高い木々に囲まれた神社は、町よりも暗くなるのが早い。遠くで塒《ねぐら》に帰る鳥が鳴いて、夜の訪れを伝えた。

「ちゃう。俺がまた、おまえを泣かせたんや」

「……全部、話して。そういう気持ち。悲しいこと寂しいこと」

黒いTシャツに涙を擦《こす》りつけて、真弓が顔を上げる。

「足りないこと」

酷く寂しい、置き去りにされた子どものような顔を、勇太はしていた。

「俺、神様じゃないから言ってくれないとわからない」

そんな顔をさせたくない。させたくないけれど、自分一人で考えていても勇太を満たすこと

はできないと、真弓が思い知る。

「言ってくれないと、勇太のこと思いやってあげられない。いやだ、やだよそんなの。俺」

「せやけど俺がこんなんゆうたら」

兄が言った、「何もかも」を、勇太は決して真弓に求めるまいとしている。

足りないのに、求めることは恋人への負担だと知っていて、それは勇太が真弓にくれる大きな愛情だ。

「……聞いて、どうするか自分で決める」

その勇太の愛を、真弓は疑いはしない。

嫌だと言ったら言われたまま真弓は山車が引きたくても引けないと、勇太が案じていることは、最初からずっとわかっていたことだった。

「勇太と話して、勇太のこと安心させられるときもあるかもしれない。勇太の方が大事だって思うこともあるよ。それは俺譲れないってことも、きっといっぱいある」

まだ男の子の目をしたままの勇太を見つめて、丁寧にゆっくりと、真弓が伝える。

「俺が決めるから」

今はまだ何もわからなくて浴衣も決められなくても。それでも自分のことは絶対に自分に決められることなのだと、真弓は知った。

けれど恋人は違う。自分には何も決めてあげられない、自分ではない、他人なのだ。

見ていてやらなくてはならない。絶対に見失ってはいけない。この足りる日が来ない悲しい人を。

「……ちょっと、むつかしい」

子どもの勇太は、いつもよりずっと物わかりが悪かった。

「どっちにしろ、俺が決める。勇太を優先するときも、しないときも、俺に決めさせて」

両手で勇太の手を握って、曇るときも気持ちを隠さないでと、真弓が懇願する。

「足りないこと、全部話して」

「情けない、俺」

「そういう風に思わないの！」

やっと伝わった勇太が自分を恥じるのに、真弓は大きな声で叱《しか》った。

「俺たちまだ保護者とぬくぬく暮らしてるような子どもなんだから‼　粋がらないで！」

「おまえ」

その言い分はないだろうと、けれどようやく勇太が、少し息を吐く。

「まだ、言わんとわからへんこといっぱいあるな……」

「そうだよ。エスパーじゃないんだよ。そんなに大人でもないよ、俺なんか学生なんだから。まだ二年も」

大人だと思ったら大間違いだと、真弓は小さく頬《ほお》を膨《ふく》らませた。

握られたままの手で、今度は勇太が、真弓の手を握る。

「そしたら、今からゆう。あかんような気持ちも全部おまえに」

「うん」

全部と今勇太は言って真弓は頷《うなず》いたけれど、それも、きっと過信してはいけないとどちらともが思う。

「粋がらないでとかゆわんといてや……」

「そんなつまんないことで傷つかないでよ……」

とりあえず今の不満を訴えた勇太に、そんな言葉尻《じり》を拾うとはと、真弓は眉《まゆ》が下がった。

「男の子だね」

「おまえかてそうやろー」

呆《あき》れた声を出した真弓に、勇太が口を尖《とが》らせる。

「うーん、そうだけどさ。俺は多分男よりはだいぶマシな生き物だよ！」

脳みそ一つなのにめんどくさい男の子たちと一緒にしないでと、真弓は言い切った。

やっと、勇太が力の抜けた顔で笑って見せる。

「いま」

その顔を見ていた真弓の鼻先を、勇太が指で弾《はじ》いた。

「笑ったって、思たやろ」

気持ちを読まれて、真弓が目を瞠《みは》る。

「俺かてわかるときはちゃんとわかるんやで」

ため息を吐いて勇太は、真弓の肩をそっと抱いた。

「知ってる。たくさん、気づいてくれる。勇太も」

だけどまだ、こうして時々、大事なことが全く見えない日もあると、二人は最近忘れていた。

「いつかは全部がわかるのかな」

喉元《のどもと》を過ぎたらまた忘れて、何かの弾みにまたこうして思い出すのかと思うと、それは疲れるようにも愛《いと》おしいようにも、両方に思える。

「それはそれでおとろしいわ」

そんなんはごめんやと勇太が、怖そうに肩を竦めた。

「そだね」

勇太は本当に怖そうで、何も隠されていない気持ちが見えて真弓が安堵《あんど》する。真弓の方から強いほどしっかりと、勇太と指を繋いだ。

見ていようと、今も少しばつが悪いような勇太の顔を見て胸に刻む。

悲しませないことも、寂しくさせないことも、苦しめないことも、ほんの少しもしたくないと願ってもそれはきっと叶《かな》わない。

けれど勇太は自分とは違う足りない者だと、もう二度と忘れたくない。

繋いだ指を放さずに、ずっと、見つめている。

「……ずっと」

小さく呟いた真弓の声に、何をと勇太は、もう尋ねなかった。


八月、夏祭り当日は誰の記憶にもいつも晴れている印象だ。

今年も祭りの日はよく晴れて、早い時間から設営をする者、学校や仕事が終わって駆けつける者で、午後五時にはそれぞれの町会がこれ以上ないほど賑《にぎ》わっている。

「引かないことにしたんだね」

三丁目のテントでみんなが摘まむ助六を積んでいる祭り半纏《ばんてん》を羽織った真弓に、お囃子の最後の合わせを終えて来た明信が尋ねた。

「うん。とりあえず今年はそうしたー」

デニムにTシャツの上に、町会で皆揃《そろ》いの祭り半纏を羽織っている真弓の姿は、山車は引かないけれど祭りに参加している年寄り衆や婦人会と同じものだ。

「浴衣は、花火のときにでも着たらいいよ」

同じようにシャツにズボンに半纏を着た秀が、大きな発泡スチロールの箱の中に、氷と一緒に缶ビールとソフトドリンクを仕込む。

「浴衣着たらここ手伝えないからね、今日は半纏。でも夏のうちにどっちかは着る、浴衣」

そのときどっちを着るのか未だに決められないまま、けれど最早それは真弓には、いつになってもいい問題となった。

自分のことなら、自分で決められるし自分はいなくはならない。

けれど恋人がどうするのかを真弓には決められないし、寄る辺を摑んだようでいて、そんなに簡単に勇太は根付くことができない者だ。

それは決して、勇太自身のせいではないと真弓はもう知っている。

「どうして引かないことにしたの？」

真弓に尋ねた秀は、そういう勇太を見つけて育てて、ここに連れてきてくれた人だ。

「根本を考えたんだよね」

充分勇太を思い、心を痛めてきた秀に、真弓は勇太が足りる日は本当には来ないかもしれないとは教えたくなかった。

「あの、熱い、勝つことしか頭にない、普段の百倍沸いてる人々に混じって山車、引きたいかな俺……って」

それに、こうして言葉にした通り、方々で既に町会同士でぶつかり合って怒号を上げている人々に交わりたいかと考えたら、勇太の気持ちを置いてまでやりたいとはとても思えない。

「確かに」

一応自分にも引く権利はあるのだろうがただの一度も引いてみようと思わなかった秀が、深々と頷いた。

「よ、帯刀《おびなた》」

「八角《やすみ》さん！」

前方から見知った声を聞いて、怒号から逃れられた気がして真弓の声が明るくなる。

「今年も見に来てくださったんですか？」

「大越《おおこし》が仕事もない日だからどうだと言ってくれたんだが……」

ため息交じりに言われて、その当の大越はどうしているのかと真弓が辺りを見回すと、毎年立派な若衆姿の御幸《みゆき》と、私服の大越が喧々囂々《けんけんごうごう》揉めている姿が目に入ってきた。

「てめえ引かねえんだから口出すなバカヤロウ‼」

相変わらず男勝りと言ったら男にも女にも申し訳が立たない酒焼けした声を張り上げるのは、二丁目一の引き手、女子大で剣道を極めて既に日本一の座についている御幸だった。

「後先考えないと若い引き手が危ないだろうと言ってるんだ！　おまえは勢いで回りが見えなくなるから‼」

つまらない正論で御幸を正そうとしているのは、同じく二丁目に生まれ育った真弓の先輩である、大越忠孝《ただたか》だ。

「見えないんじゃなくて見てねえんだよ！」

「余計に悪いだろうが！　おまえが警察官や自衛官になることを俺はとても看過できん‼」

「んっだとこの野郎！　省庁に入った途端国家権力振りかざすつもりか‼　驕《おご》る平家は久しからずだぞ忠孝！」

「呼び捨てにするなと何度言ったらわかる御幸！」

てめえこそと、不毛の荒野でしかない口論は、当分止む気配がない。

「せっかくの美人なのに……もったいない」

荒馬と言ったら馬にも申し訳が立たないような御幸を眺めて、八角は致し方ないため息を吐いた。

「わー、出た。八角さんの……」

絶対にモテないポイントだと真弓は思ったが、八角がモテないことにはきっと千も理由があるだろうから、一つ一つを正してやったところできっと一生モテないのだろうと、今日は神社の方角に奇蹟の良縁を拝んだ。

「なんだ？」

「いいえなんでもありません」

「そういえば悩み事は解決したのか」

不可解な譬《たと》え話が祭りに絡んでいたことをちゃんと覚えていてくれて、親身な声を八角がくれる。

「はい！　ありがとうございます」

嘘のない笑顔を、真弓は八角に返した。

「それはよかった」

「八角さん」

「ん？」

やっぱり八角は本当に誠実なやさしい男だと、真弓が心から先輩に感謝する。

「早くいい人現れるといいですね」

「余計なお世話だ！」

いつも温厚なはずの八角は怒って、まだ揉み合っている大越と御幸の方に行ってしまった。

「難しいお年頃なんだね……」

同情した秀が隣から、八角が聞いていたら火に油ということを言う。

「モテない男には気をつけた方がいいよ、秀。取扱注意」

そんな会話をする秀と真弓を、困ったように明信は見ていた。

「どう気をつけたらいいの？」

「それはわからないけど。ほら、目の前に危機が迫ってる」

書店に顔を出して今年は出陣式前に珍しく間に合った、真弓の兄、秀の恋人、あまりモテない男大河《たいが》が、スーツのネクタイを緩めながらテントに近づいて来た。

「今大河、モテてるんだよ。取られそうなんだ……」

大河の担当作家児山《こやま》に相変わらず見当違いな嫉妬《しっと》をしている秀は、真弓にも明信にも相手にされないことを言う。

「今年は早い時間に来れたよ。出陣式を見るのは久しぶりだ」

神社周辺、町全体を包む高揚に大河も楽しそうな顔で、テントの中に入ってきた。

「最初と最後が盛り上がるからね」

出陣式が楽しいのは真弓も同じで、冷えたビールを大河に渡す。

「今から呑んだら、終わる頃には大変なことになる」

笑いながらも大河は、喉の渇きと暑さに任せてビールを開けた。

「初めて見るな。おまえの祭り半纏姿」

藍染《あいぞ》めで、「竜三」と衿字《えりじ》が入った半纏姿の真弓に、大河がふと声を落とす。

「普通の男の子に育ち上がってよかったなんて安心してたら大間違いだかんね、大河兄」

「なんだよそれ！」

兄の心にそういう安堵が触ったのがわかって笑った真弓に、大河が悲鳴を上げた。

「まだまだこれから何が起こるかわかりません。お楽しみに！」

自分に言い聞かせるように、真弓がふざけた声を大河に聞かせる。

「まあ、そりゃあそうだ」

何処のどなた様にもと、苦笑して大河は、真弓を、明信を、そして秀を見つめた。

この助六は八月の外気で最後まで無事なものなのだろうかと真弓が大皿を眺めていると、いつの間にか隣に寄り添うように明信が立っている。

納得しているのか、もう不安はないのかと、明信が気にしてくれているのが真弓に伝わった。

「俺、とりあえず今はホントに引きたくない。やだ」

盛り上がるばかりの町会の面々に顔を顰《しか》めて、本心だと真弓が笑う。

「子どもの頃からやってこなかったっていうのは、大きいかもね」

今からとなると大変だろうと、明信も輪の方を眺めた。

「そうだよね。争いごと大嫌いの明ちゃんだって、ちっちゃい頃からやってたら山車乗れるんだもん」

慣れはあると、今日の明信の気持ちには少しも気づかず真弓が肩を竦める。

「楽しいよ、やっぱりお祭りは」

決して誰にも気づかせないと幼い頃から決めている明信は、晴れやかに笑った。

「明」

竜頭町三丁目
竜頭町三丁目

藍色が大分褪《あ》せた唐獅子《からじし》模様の鯉口《こいぐち》に法被《はっぴ》を着た龍《りゅう》が、不意にテントに現れる。

「あれ、龍兄。出陣式は？」

「だから明を呼びに来たんだよ」

真弓に尋ねられて、龍は鯉口の襟《えり》元を暑さではためかせた。

その鯉口は一昨年亡くなった畳屋の老翁が洗い張りをして龍に託したもので、大切に手入れをして龍は祭りには必ずその鯉口に身を包む。

「おまえ、真弓に笛教えてやったらどうだ」

明信が右手に持っている横笛を、龍は指した。

「どうして？」

突然の言葉に、驚いて明信が尋ね返す。

「山車引けなくても、囃子隊なら真弓だって参加できる。参加はしたいだろ？」

「それはそうかも……でもこれから笛覚えるなんて、できるかなあ」

龍に問われて、元々女官で山車に乗っていたのだから上にいる分には楽しく参加できるかもしれないし、囃子隊なら引き手たちとも別行動が多いと真弓は考え込んだ。

もう知れてしまったのだから、町会の引き手、若衆の中に真弓がいても気にしないと勇太は言った。

けれど山車倉の中で見た、普通の男の子の姿を、きっと真弓の前で勇太は見せられない。

普通の男の子でいられる勇太の時間を、真弓はどうしても守りたかった。

「明は五月から練習してんだ。三か月前だぞ？　明も最近大学忙しそうだし、真弓と世代交代してもいいんじゃねえのか？　そしたらおまえは、当日……来られたらこうやってテント手伝ったらいいし」

なあ、と、龍がなんでもないことのように明信に告げる。

「そうだね……真弓が笛を覚えてくれたら」

山車の上にいることも怖いと龍に知られているとは、明信はまるで気づいていなかった。

「いつか、交代できるかな」

だからその提案は、もし叶《かな》ったらありがたいと明信が真弓を見る。

「今度教えて」

軽い声で、真弓は明信に頼んだ。

「大学の方も仕事になってきたら、祭りのために空けられなくなるぞ」

「出た社会人の言い分」

それはいい切りじゃないかと大河が言うのに、真弓が茶化す。

「おまえも引きたきゃ引いたらいいのに。生真面目なヤツだな、大河はホントに」

準備に関われる時間もなければ当日まで参加できるかもわからないからと山車を引かなくなった大河に、龍は呆れ半分感心して言った。

「今日はここにいたらいいよ、大河。助六を食べてビールを呑んで」

日常とは違う時間を、いつもと同じ人と過ごせることにただ、秀は幸いそうにしている。

「時間だぞー！」

叫んだのは、いつでもやる気のないはずの達也だった。

「ほら、行くぞ明」

「はい」

龍に促されて、明信も出陣式の輪の中に入って行く。

「今年こそ二丁目に負けへんで！」

御幸のいる二丁目を敵視している勇太の、威勢のいい声が響き渡った。

「毎年言ってるあれ」

半ば呆れて、真弓が呟く。

「じゃあ毎年負けてるんだね……」

「おまえ、そういうこと言うなよ」

しみじみと言った秀を、男の沽券《こけん》に敏感なモテない部族の大河が咎めた。

「でも確かに毎年言ってるよ。みんな。おんなじことを毎年毎年」

ため息とともに真弓が呟いて、毎年という言葉が重なるのを、自然のことのように誰も耳には留めない。

「今年もよい日和《ひより》になりました！　全員怪我《けが》だけ絶対しないように、必ずみんな五体満足で‼」

青年団団長の龍が、決まりの文句を輪の中で叫んだ。

長く同じ光景を見てきたお目付役の老人たちは、既に椅子《いす》に座って呑みながら若い衆を見つめている。

「行くぞ！」

最後に大きく、龍が煽った。

「おうっ‼」

全員の声が見事に揃って、まだ明るい八月の青空に響き渡る。

いつもの夏と同じように、竜頭町三丁目の大きな山車がお囃子とともに走り出した。

まつりのあと

「ところでこれ、なんの集まりなんだ？」

八月の夜竜頭町《りゅうずちょう》三丁目帯刀《おびなた》家の居間の二つの飯台で夕飯を囲みながら、一頻《ひとしき》り腹が満たされたところで木村《きむら》生花店の店主木村龍《りゅう》は誰にともなく尋ねた。

「あれ？　なんかの集まりだったの？　これ」

同じく客として幼なじみとその恋人の隣で飯台にいた魚屋魚藤《うおふじ》の一人息子佐藤達也《さとうたつや》は、両親に持たされた刺身よりも竜田揚げに箸《はし》がいきながら目を丸くする。

それぞれ竜頭町商店街から日曜日の晩に帯刀家にやってきた龍と達也は、今日はこの家に夕飯に呼ばれた客だった。

「お呼びだてしたのに。龍さんにはお酒を、達也くんにはお刺身の盛り合わせをいただいてしまって」

いつもの白い割烹着《かっぽうぎ》の、SF作家でこの家の家長の恋人阿蘇芳秀《あすおうしゅう》が、深々と二人に「お持たせですが」と頭を下げる。

「相変わらず魚藤の魚は最高だな。龍兄が持ってきてくれた日本酒が合うよ」

刺身と日本酒を合わせるという普段はしない贅沢《ぜいたく》に、帯刀家家長で長男の大河《たいが》は満足そうに頷《うなず》いた。

肩を竦《すく》める。

「なんか夫婦みたい……」

帯刀家末弟で大学二年生の真弓《まゆみ》が、刺身と竜田揚げで白いご飯を食べながら若干うんざりと肩を竦《すく》める。

兄の大河とその恋人の秀は、果てしなくめんどくさい真弓なら三日で投げ出す双方での片思いを何年も続けた挙句恋人になって、十何年愛を紡いでいた。

「そして立派なめおとに」

普段家族だけでいると大河と秀のことは真弓にもただ日常だが、幼なじみとはいえ家の外から二人も人がくると、不意に我に返って「気が長すぎて意味わかんない」と困惑と恥ずかしさが湧く末っ子だった。

「夫婦とかゆうたるな……。なんかの集まりやったっけ？　そうゆうたら最初はなんかゆうとったな。秀が」

うちの不肖の父がーと、真弓の恋人で秀の息子の阿蘇芳勇太《ゆうた》は豪勢な食卓に集中しつつも、親友の達也がいることで真弓と同じ若干の恥ずかしさを地味に感じている。

「なんか言ってたっけ？」

帯刀家三男でプロボクサーの丈《じょう》は、箸を迷わせることなく刺身も竜田揚げも満遍なく食べていて、真弓と勇太の繊細な羞恥《しゅうち》には全く気づきもしなかった。

「あの、浴衣会をしたいって秀さんが……」

因果な性格で生真面目でやさしい帯刀家次男明信《あきのぶ》が、もしかしたら本人も忘れているかもしれないこの夏祭り後の集いの理由を遠慮がちに口にする。

明信は大河と秀の夫婦ぶりは恥ずかしくはなかったが、それぞれの子どものような存在である勇太と真弓の気持ちはよくわかって苦笑した。

「くうん」

この家を守り続けている老犬バースは明信とともにちゃんと理由を覚えていて、次男を労うように小さく鳴く。

「そういえばそうだったね。なのに誰一人着てないね」

自分も少しだけビールを呑《の》んで、言い出したはずの秀はキョトンとしていた。

「あ、そうだったそうだった。秀が、結局お祭りでも俺浴衣着ないでテントのお手伝いしてたから。みんなで浴衣着ようかって言ってくれたんだけど。どっち着るか決めらんなくてさー」

「こないだウオタツに空色にせえゆわれて決めたんちゃうんかい！　もうええわ！」

長い富士《ふじ》の樹海で女物の浴衣と男物の浴衣を持って彷徨《さまよ》っていた真弓に、さすがに「ええかげんにせえ！」と作務衣《さむえ》姿の勇太が声を上げる。

「なんかでも秀が縫ってくれた浴衣も、よく考えたらラストチャンスな気がしてさー。冷たいなあ、勇太」

「俺がおまえに冷たかったことなんかいっぺんでもあったか!?」

「ものすごいセリフねあんた……」

達也が解決してくれたのだから浴衣の話はもういいと断ち切る勇太に、当の達也は呆《あき》れ気味に呟《つぶや》いた。

「たくさんあったよね。勇太が真弓ちゃんに冷たかったことなんて」

父親としての責務だと勘違いして、秀が余計な口を挟む。

「秀！　それ超余計な一言!!　もー、自分たちはめおとのようにラブラブだからって……ってゆうかさ。本当にさ、秀と大河兄ってどうやって恋に落ちたの!?　どんなきっかけで二人は恋ができたの!?」

かなりな余計な一言を言われたせいで、真弓は今度は方角違いの樹海にうっかり全員を放り込んでしまった。

「何を言い出すんだ真弓……」

年の離れた兄である大河は、ほとんど我が子のように思っていた末弟にそんなことを言われて珍しく口ごもる。

「他人がいることを忘れてくれんなよ……」

一応は誰もが知っていることではないという体になっているはずだと、善良な達也はこの手の話題になるといつでもナーバスになった。

「俺も同じことを言いてえが……ただ、サスペンスやミステリーの謎解きが気になるレベルで俺も知りてえな。それ」

　だが三十も過ぎた龍は達也ほどは繊細にはなれず、興味の方に負けてしまう。

「ワイドショーじゃねえの？　どっちかっつったら。オレは世界の七不思議レベルで気になるな。なんかそんな話になったよな？　最近」

　そういえばごく最近家族で「なぜ大河と秀は恋に落ちたのか」という話になったと、丈はうっかりと思い出した。

「……あれやな。散々大喧嘩《おおげんか》しとってからに、恐竜博物館行きたい、そうか、ハート、みたいな会話で俺らのストレスが限界になった日やな……北陸やったら俺が連れてったたっちゅうねん」

　秀の面倒を見ていた苦労が急に両肩にトン単位で落ちてきて、竜田揚げを口に放り込みながら勇太が肩を落とす。

　我が兄と大ファンである白い割烹着の作家のそんな話は全く聞きたくない明信は、能面のような顔でただ微笑《ほほえ》んでいた。

「同じクラスになったからって恋に落ちられるんだったら、誰にだって可能性は無限だよ？」

「せや。メダカと鶏やオタマジャクシにかってできるで」

　高校一年生の時同じクラスだった真弓と勇太は、思えば自分たちが大河と秀が出会ったタイミングで出会っているだけに余計に納得がいかない。

「いい加減に……」

「そんなにみなさんが知りたいと言うのなら」

この家で家長として生きてきた大河が恥ずかしさの限界を迎えたというのに、その恋人である白い割烹着はまんざらでもなさそうに微笑んだ。

「いくらでもお話ししましょう」

高校時代の恋人とのことをと、秀がはにかむ。

「ごめん。ウソ。何も聞きたくなかった」

「やめろや。俺らが悪かった」

「そうだ先生……ちなみに俺は聞きたいなんて一言も言ってねえぞ」

「俺は実はサスペンスはそんなに好きじゃねえんだった。今思い出した」

「オレもワイドショー見ねえよ。姉貴の辛《つら》い思い出あるしぜんぜん好きじゃねえ」

「お願いします堪忍してください」

「くうん」

呆然《ぼうぜん》としている大河以外全員の言葉が重なったため、それは完全なる不協和音となって残念ながら当の秀の耳には届かなかったのであった。

全ては後の祭りである。

高校一年生の一学期。

出会った瞬間のことを、秀は覚えていない。何故なら秀にとって級友は全て、記号のようなものだった。時には風景でさえあったが、クラスが同じだという理由で顔と名前をわかっていなければならないことは秀も知っていて、だから記号のように覚えていた。

帯刀大河が阿蘇芳秀にとって記号ではなくなったのは、ある日、大河の方から声を掛けたからだ。

「次、移動教室だぞ」

ぼんやりと空想の中にいて教室だということも忘れ、窓際の席で校庭の方を向いている秀に低く心地よい声が聴こえた。

「サボるのか？　阿蘇芳」

その心地のよい声が自分の名前を呼んだので、初めて話しかけられていることに秀は気づいた。

「……移動教室？」

言われて教室を見渡すと、一学期の頭でまだ殺風景な教室には自分と、その低い声の主しかいない。

「ああ、化学室だ。聞いてなかったのかよおまえ」

名前を呼んでくれたのに、秀にはその少し伸びた黒髪の下で不機嫌そうなまなざしをしている人の名前がすぐにわからなかった。

名前を思い出そうとしてじっと彼を見ていると、不機嫌のまま彼は言った。

「一緒に行くか？」

一緒に。

ほとんど聞いたことのないその言葉を言ってくれたのは、秀には驚くほど明瞭に響き渡るやさしい声だった。


「その声の主は本当に素敵で……かっこよくてね……」

「ストップストップストップ!!」

全員の心を代表して、俊敏な真弓が大きく両手を全力で振りながら秀を止めた。

「どうして……？」

「どうかお許しください……そんな、我が兄がフランス文学の黒髪の何かのように語られることにもう心臓が持ちそうもありません……」

アドニスなのかジョルジュなのか、いいえ無精髭《ぶしょうひげ》や半纏《はんてん》のよく似合うのがうちの兄のはずですと、明信が畳に崩れ落ちる。

　当のアドニスは全くどうしたらいいのかわからずに、天井の模様を眺めて節の数を数えていた。

「おまえ高校時代かっこよかったんだなあ、大河。学ランだったのか」

　どんなだったっけと近所の年上の幼なじみは、白い割烹着が宇宙から来たと知っているので意外と平常心だった。

「なんか真弓の兄ちゃんかっこいいっつって、そういえばたまにクラスの女子が騒いでたわ。大河兄のことかーって、心に残んなかったんですっかり忘れてたけど覚えてたな俺。無駄記憶だ」

　そして他人であるということは時に偉大なことであり、痒《かゆ》くなってポリポリとこめかみを掻《か》きながらも達也もそこそこ冷静だ。

「オレの皮膚がニワトリと同じになった……」

「俺もや……」

　丈と勇太は激しい鳥肌に苦しんでいる。

「くうん」

　バースはご主人様は世界一だと思っているものの、思っているものの、という老犬なのに苦しい感情の中にいた。

「だいたいそれ恋に落ちた瞬間⁉　見た瞬間の話じゃん。卵から孵《かえ》った雛《ひな》がそんとき見たものを親だと思い込むのと同じ話じゃん。そしたら秀はたまたまそこに大河兄がいたから好きになったって話じゃん！」

尋ねたのが自分だということも吹っ飛び、真弓は父と思ったこともある兄を少女漫画のように語られてもんどりうっている。

「そう言われると……大河の素敵なところは声や見た目だけじゃないね」

「おい、秀」

「みなさま少々お待ちください」

「もういいやめろ！　いや最初から俺はこんな話は少しも望んでない‼」

「君の愛すべきところをご理解いただけないなんて、僕には耐えられません。もうしばらくお待ちください」

どうしても全員に恋人の愛される理由を知ってもらおうという大迷惑なスイッチが入った秀は、思い出の中にぶくぶくと一人耽溺《たんでき》していくのであった。

厳格な老人に育てられたことが理由で、秀は一人で外で何かするという経験がほとんどなかった。一人ですることは読書だけで充分で、読書は時にどんな世界にも連れて行ってくれた。だから実在する誰かが秀をいつもとは違う世界に連れて行ってくれたのは、それが初めてだった。

「あの」

高校の帰り、大河と秀はいつの間にかほとんど毎日一緒に帰るようになっていた。

「これ、どうやって食べるの？　帯刀」

見たことはあるし知っているけれど、実はほとんど食べたことがないものを目の前に置かれて、長く考えたがとうとう困って秀は大河に尋ねた。

「食ったことねえのかよ」

映画を観てお腹が空いたから何か食べて帰ろうと大河から誘い、なんでもいいと秀が言うのでこの店に入った大河が目を見開く。

「実はあんまり食べた記憶がないかもしれない」

何故、とは訊《き》かずに、大河は秀の目の前の割り箸を割ってやった。この頃もう大河は、秀が厳しい老人とただ静かに暮らしてきたことはわかっていた。

「箸で麺《めん》を口に入れて啜《すす》るだけだ」

呆れることもなく、大河が先に食べて見せる。

音をたてていいということに、驚いて秀は周囲を見た。皆普通に麺を啜って音をたてて食べている。

家では食事中に音を立てると祖父に厳しく叱《しか》られた。

恐る恐る秀は、大河の見よう見まねでその器の中にあるものを食べてみた。

「……おいしい」

塩気の強いスープに絡んだ麺は、食べたことのないおいしさとあたたかさだった。

「だろ？」

あまり笑わない大河が、大きく秀に笑って見せた。

きれいに箸を使って物を食《は》む大河の姿は、何か勇ましく頼れる者に秀には映った。


「待て待て待て待てちょお、待てや！」

一人がかりでは疲れ切ってしまうので順番にやっていかなくてはと、勇太もまた大きく手を振って我が父親の恋の思い出を断ち切った。

「どうして？」

「ラーメン食ってる姿が勇ましいのか大河兄。すげえなあ、それでモテるんだったら世界の男子高校生がモテモテだなあ」

「世界っつうか日本だろ。オレも激しくモテるはずだ」

もちろん論点はそんなことではないはずだが、達也と丈は「ラーメンを食べる男が勇ましい」という妄言について厳しく言及せずにはいられない。

「初めてラーメン屋さんに秀さんをお連れしたのがうちの兄だというお話ですね。もう理解しました。大丈夫ですよ。もう大丈夫です」

何かしらの許容量を限界突破した明信は、テキパキと無理矢理話を片付けようとした。

「まあでもあれだぞ。もの食ってる姿にときめくっつうのは、色気……」

稀代《きたい》のモテ男として全くいらない解説をしようとした龍は、やさしくておとなしい恋人から未だかつてない勢いで睨《にら》まれて黙った。

「秀が愛したのはラーメンなんじゃない？　だって高校生で初めてまともにラーメン食べたら恋に落ちるのはわかるよ。ラーメンってめちゃくちゃおいしいもん。でもラーメンは食べちゃうから相思相愛になれないもんね。いなくなっちゃう。悲しいね。しょうがないから生き残った大河兄を選んだんだ。てゆかラーメンと大河兄間違えたんじゃないの？」

「真弓……おまえ」

「自分のお兄ちゃんのラーメン食べてる姿がかっこよかったなんて話に耐えられる弟いないからね‼　大河兄！」

いくらなんでもそれはないだろうと言いたかった大河の言葉を、光の速さで真弓が断ち切る。

「ラーメンは確かにすごくおいしいけど、僕は大河の方が好きだよ」

「相対評価によって大河兄の価値が大暴落しましたよ、秀さん。本日の株式市場はこれにて閉会です」

とにかくなんとかしてこの話題を終えたい明信は、しかし終え方を完全に間違えていた。

「秀、おまえはいったいなんなんや」

「何が?」

「ゆいたないけど、おまえと大河のことがあったからこうなっとるんやろ」

遠い日に二人が恋に落ちたからこそ、今この竜頭町三丁目帯刀家の居間には八人と一匹が夕飯を囲んでいると、勇太は言いたいが細かなことは絶対に言いたくない。

だが勇太のその言いようで、だいたいのところは全員に伝わっていた。

「そうだね」

なんと秀にまでも伝わっている。

「その大元の話が移動教室移動したとかラーメン食ったとかそんな話やゆわれて、納得できるかいな! もうちょっとまともなことゆえや!!」

「あれ? 聞きたくないんじゃなかったっけ?」

「そないなこと覚えとるんやったら、十年以上もなんやかんやしとる大河のことももっと覚えとるやろ!」

「覚えてるんだけど」

何故我が子がこんなに怒っているのかは今一つ理解できないまま、秀は長々と考え込んで高校時代を回顧していた。

「株式市場は俺の株が下落して閉会したんだろ……もう勘弁してくれ」

さすが町で一番の秀才である次男のあんまりな喩《たと》えに力を借りて、大河が終了を懇願する。

「記憶としては全部覚えてる気がする。高校時代の大河のこと」

「怖い」

反射で真弓は、思ったことが口から出てしまっていた。

「全部の時間大河が好きだったから、思い出したところを語ってるだけだよ。僕は」

困ったように笑って、秀はみんなの顔を見た。

突然告げられたその思いに、誰も何も言葉が出て来ない。

「一晩中でも語れます」

「……語らなくていいし」

ため息のように大河が苦笑して、仕方なく秀の髪を一瞬だけくしゃくしゃにした。

「俺は、本当にろくでもなかったな」

「どうしてそんなこと言うの？」

高校時代、そんなにも大切に一つ一つのことを覚えて自分を見ていた秀の手を放したことを、大河が後悔しないわけがない。

「確かにおまえはろくでもなかったわ、大河」

　自分が出会ったときに秀がどれほどの思いを失って寂しさの中にいたかを今更思い知って、勇太も頷く。

「でも！」

　大河と勇太の言っていることは真弓にもよくわかったが、二人が居間に落とした靄《もや》を朗らかな声で振り払った。

「そのままラーメン屋さんで二人が一緒にいたら秀と勇太がきっと出会えてないもん。そしたら俺勇太に出会うの超大変じゃん。だから大河兄はろくでもなくないよ！」

　それは大河が「どうしてあのとき」と高三で秀の手を放したことを悔やむ度に通ることだったが、さすがに戻れずにいたところを真弓が思い出させてくれる。

「……そっか。そうだったな」

「大河がろくでもなかったことなんか一度もないよ」

「おまえはもう黙ってろ。いや、頼むから黙っててくれ」

　何処《どこ》までも真顔の秀に、切なさは残ったが大河は笑った。

「超大変って、出会えへんやろー秀がこっちにずっとおったら。おまえと俺」

「絶対出会うよ。秀の子どもになってなかったら勇太ヤクザになる予定だったんでしょ？　更生させに行くね！　出所を待って黄色いハンカチめちゃくちゃ並べる‼」

もう過ぎた時間のことなのに少しだけ子どものような不安を見せた勇太に、真弓が何一つ曇らない声を聴かせる。

「懐かしいな健《けん》さん。そうだなあ、勇太はヤクザに。俺はダンプに」

笑って流したくて、達也も戯《おど》けてしみじみと頷いて見せた。

「なんだそれ」

「俺ガキの頃ダンプになりたかったんだよ、丈兄」

「ああわかる。オレは新幹線かショベルカーか悩んだっけな。強さでショベルカーにした」

ダンプとショベルカーになりそこなった達也と丈が頷き合うのに、相槌《あいづち》も打てずに明信がただ固まる。

「俺も……」

「龍ちゃん。僕これ以上受け止められない」

子どもの頃の夢の話に乗ろうとした龍を、笑顔で明信は止めた。

「そういえば、俺たちの話いっぱい聞いたって言ってたよね。秀、うちに来たとき。かわいい弟たちに会いたかったみたいなこと言ってた。高校生の大河兄、同級生に弟がかわいいなんて話してたの？」

そりゃ俺はかわいい弟だけど他人に言うのは想像できないよと、ふと思い出して真弓が秀に尋ねる。

「あ、それオレも聞いてみてえな」

「やっと平和な話題に……あ、蒸し返される。僕もそれは聴きたいです」

三人の弟に望まれて、秀はまた記憶の扉を開けた。

「どんな話したっけ？」

家族の話をしていた大河自身は、どんな風に自分が弟たちのことを語ったのかなど覚えていない。

「だいたい文句と悪口で。昨日中学生の弟が、小学生の弟が」

「え、ひでえ。それオレだろ兄貴！」

「あんなに可愛《かわい》がってくれた俺もそこに含まれてるんじゃないの……？　信じられない」

「僕は文句を言われるのは割に合わないと思う……」

「おまえ平和な……平和？　とにかく家庭を乱しとんで秀！」

三人の弟は秀の思い出語りに不満を訴え、勇太は息子の責任で父を叱った。

「話し初めはいつもそうなんだけど、段々声が変わって。すごくやさしい、やわらかい声になって。そういうところが憎めないとか、いいとこなんだとかって言って」

かわいいとまでは言葉にされなくても、秀にも大河にとってどれだけ弟たちが愛しいのかは高校生でもわかったことだった。

「すごく、うらやましかった」

大河に大切にされる弟がなのか、それともそんな弟たちを持つ大河がなのか、その両方なのか。

「何言ってんの。今、秀ここにいるじゃん。そんとき羨《うらや》ましいって思ったそこにいるじゃん」

大河が切なくなる前に、一番下の弟が言った。

「そうだ。白い割烹着着て、ずっと前からいるみたいにいるだろー」

「むしろいなかったときのことを思い出せません」

丈も明信も、今更何をと笑っている。

「そっか。それに僕にもすぐに、かわいい勇太が現れたしね」

微笑んで秀は、惑いなく三人の言葉を聴いていた。

「かわいいはめっちゃ余計やでおまえ……」

少しだけ複雑な気持ちになるのは仕方ないと思っていた勇太は、自分の気持ちまで掬《すく》い上げられる十年後が来たことにこれ以上言葉がなかった。

「いなかったときかー、俺が宇宙を知らなかった頃があったっけな。そういえば」

地球で唯一の友達に認定されている達也が、宇宙をわかっていなかった自分を懐かしむ。

「そんなときもあったんだな、忘れてたよ。でもあれだな。先生がいるから、明にも浴衣があるわけだし。着ればよかっただろ、今日」

浴衣会ならと、不意に龍が突然この集まりの主題に話を戻す。

「明信の浴衣? おまえの浴衣、そういえばガキの頃のまんまだな」

自分の話を語り続けられることほど居心地の悪いことはなく、様々な思いは全て胸にしまって大河は龍の言葉を拾って話題を変えた。

「え、あの……」

「うちの二階の押し入れにあるんだよ、明の浴衣。店よく手伝ってくれてるからボーナス代わりに、な」

何故なのかとても言いにくく口ごもった明信の気持ちを察してやらずに、龍が明信の浴衣が木村生花店の二階にありその上自分が買ってやったと何気なく打ち明ける。

「ボーナス代わりちゃうやろ。このコマシが」

「なんだかすごく恥ずかしい……そうだね。秀がこの町にきたから、龍兄みたいな女たらしにうちの大事な大事な清純だったはずの明ちゃんが」

「なんてこと言うの二人とも!」

素直な感想を述べた勇太と真弓に、思わず明信の声が大きくなった。

「呑むかー、ダンプ」

「おー、呑まなきゃやってらんねえわショベルカー」

独り者の丈と達也は、子どもの自分に戻って酒を酌み交わす。

「僕の責任なんだろうか。そんなことまでもが」

「秀」

恥じ入る明信とのうのうとしている龍を見つめている秀を、大河は呼んだ。

「なに？」

何か稚《いとけな》い目をして、秀が大河を振り返る。

その稚さが、大河にどうしても十年以上前の時を思い出させた。

あの頃そんなにも秀が一つ一つのことを覚えて時を数えていた思いには、大河は応えられるような十代ではなかった。悔いること、その頃の秀を切なく思う気持ちは止まない。

「今度、二人でラーメン食べに行こうな」

けれどここまできた。

それぞれの愛情や寂しさが積み重なって、長い長い時を過ごして、今目の前にお互いがいる。

声を掛けたら応えられる。手を伸ばせば触れ合える。

それをもう奇跡だと大河は思わない。秀と、みんなと、編んできた時間がくれた家だ。

「うん。でも」

「なんだよ」

浮かない顔をした秀に、大河が尋ねる。

「この間君、夜お勝手でラーメン食べてたじゃない？　高校生の頃みたいに、かっこよくなかったなって……」

「おまえな！」

本気で言った秀に、怒った素振りで大河は笑った。

思い出は美しく遠く、もう二度と還らない。思い出は思い出で、誰の現実でもない。

「かっこよくなくて結構。行こうぜ、高校のとき行ったラーメン屋」

もうきっと秀にも、過去は過去になっている。

「うん」

笑った秀の髪を、騒いでいる家族に見られないようにそっと大河は撫《な》でた。

今日もいつか過去になる。明日さえ過去になる。

それを遠い日にきっと二人で思い返すことを、大河はもう知っていた。

あとがき

２０２１年最初の本がこの本でよかったとしみじみ思っている、菅野《すがの》彰《あきら》です。

みなさまどんな風に過ごしていますか？　私はまあまあ元気にやっとります。

本当は本の冒頭で説明したいくらいのことなのですがこの本は外伝なので、本編「担当編集者は嘘をつく　毎日晴天！15」と80頁目くらいまでクロスオーバーしています。なのです！

書きたいものを書きたいけれど、それと同時に今は楽しい本を出したいなあなんて気持ちも結構あって。なので文庫版にするにあたって改めて本文を校正しながら、

「新年一発目がこの本でよかった。嬉しい」

と思いました。

二十周年記念に出していただいたソフトカバーの本の、文庫版です。約二年前。そのまま出してもいいんじゃないかななんて思って校正を始めたら、びっくりするほど大変でした。

それが二年経っての自分の成長だといいな。もっとおもしろい小説が書けたら嬉しい。

二年経ったということは、今年は「毎日晴天！」も二十三年目。最新刊「花屋に三人目の店員がきた夏　毎日晴天！18」では、秀と勇太が竜頭町に訪れてから五年目です。今年もたくさん、竜頭町の人々が書けたらいいいな。

あんまり触れたことがない気がしますが、竜頭町の人々はアバウト二十世紀の終わり頃を生きているつもりで書いています。ちょっと齟齬《そご》はあるけど見逃して……。

書き下ろし「まつりのあと」は、ラーメンのくだりから話が生まれました。担当の山田さんにはアドニスが受けて、

「今年（２０２０年）一番おもしろかったです！」

と言われて、

「適当なこと言わないでくださいよ！」

などと言ったものの、校正の方にも同じことを言われておもしろいならそれでいいのさ！

浴衣のエピソードは、ずっと二宮悦巳《にのみやえつみ》先生の絵で頭の中で動いています。浴衣については二宮先生によるコミカライズの「初めての夏、あの日の浴衣」（「キャラ文庫コミカライズ・コレクション」収録。電子は単話配信があります）からきている話です。この本も二宮先生のおかげでとてもかわいい本となりました。

たくさんの方に助けられての、２０２１年の本。

もちろん本の向こうのあなたにも助けられているのですよ。

また次の本でお会いできたら幸いです。

なるべく元気でいようね。

雪を片付けてたいへん／菅野彰

この本を読んでのご意見、ご感想を編集部までお寄せください。

《あて先》〒141-8202 東京都品川区上大崎3-1-1 徳間書店 キャラ編集部気付
「竜頭町三丁目まだ四年目の夏祭り」係

【読者アンケートフォーム】

QRコードより作品の感想・アンケートをお送り頂けます。

Chara公式サイト http://www.chara-info.net/

■初出一覧
本書は2018年11月に書籍化された作品に、

「まつりのあと」という書き下ろしを加えたものです。

2021年1月31日　初刷

著者　菅野彰
発行者　松下俊也
発行所　株式会社徳間書店
〒141-8202　東京都品川区上大崎3-1-1
電話　049-293-5521（販売部）
03-5403-4348（編集部）
振替　00140-0-44392

Chara

竜頭町三丁目まだ四年目の夏祭り

……【キャラ文庫】

印刷・製本　株式会社廣済堂
カバー・口絵　株式会社廣済堂
デザイン　百足屋ユウコ＋モンマ蚕（ムシカゴグラフィクス）

定価はカバーに表記してあります。

本書の一部あるいは全部を無断で複写複製することは、法律で認められた場合を除き、著作権の侵害となります。

乱丁・落丁の場合はお取り替えいたします。

© AKIRA SUGANO 2021
ISBN978-4-19-901018-7

菅野 彰の本

好評発売中

「花屋に三人目の店員がきた夏 毎日晴天！18」

シリーズ1～18 以下続刊

イラスト✦二宮悦巳

下町の花屋を開業して十年——龍《りゅう》の店に初めて三人目の従業員がやってきた!! 見習いとして雇われたのは、龍が荒れていた頃世話になった保護司の孫・入江《いりえ》奎介《けいすけ》。龍の過去も知った上で、「この店で働きたい」と志望してきたのだ。真面目で素直な奎介に、丁寧に仕事を教え、人を育て始めた龍。そんな恋人に安堵と頼もしさを覚える明信《あきのぶ》は、自分がバイトとして戦力外だった事実に気づいてしまい!?

菅野 彰の本

好評発売中

「竜頭町三丁目帯刀家の徒然日記 毎日晴天！番外編」

イラスト◆二宮悦巳

デビューしたての新人ＳＦ作家と養い子の京都時代――月に一度必ず訪れる締切地獄を、勇太《ゆうた》がいかに乗り切ったか。明信《あきのぶ》が大学で密かにモテていた、本人だけが気づかない事情って…？　帯刀家《おびなた》の3カップル＆竜頭町《りゅうずちょう》の面々が賑やかに総出演!!　過去12年に亘って発表された短編他、番外編「桜を、見に行く」や、制作の舞台裏が覗けるコラムなど書き下ろしも多数収録!!　シリーズ初の必携愛蔵版♡

キャラ文庫最新刊

少年竜を飼いならせ　暴君竜を飼いならせ9
犬飼のの
イラスト✦笠井あゆみ
双子の成長を見守り、幸せをかみしめながら誕生日を迎えた潤《じゅん》。そんな折、胃痛をおぼえ、クリスチャンの診察を受けることになって!?

竜頭町三丁目まだ四年目の夏祭り　毎日晴天! 外伝
菅野 彰
イラスト✦二宮悦巳
帯刀《おびなた》家の六人&竜頭町の面々総出演で贈る、夏祭り前夜を描いたシリーズ外伝が、待望の文庫化!!　新たな書き下ろし番外編も収録♡

催淫姫
西野 花
イラスト✦古澤エノ
毎夜見る淫靡な夢に悩む、大学生の姫之《ひめゆき》。ある日、年上の幼馴染み・慧斗《けいと》と再会するが、今度は彼に抱かれる夢を見るようになり…!?

2月新刊のお知らせ
海野 幸　イラスト✦湖水きよ　[あなたは三つ数えたら恋に落ちます(仮)]
遠野春日　イラスト✦円陣闇丸　[砂楼の花嫁4(仮)]

2/26(金)発売予定